臺灣為何教我哭？

なぜ台湾は私を泣かせるのか？

新井一二三（あらい ひふみ）

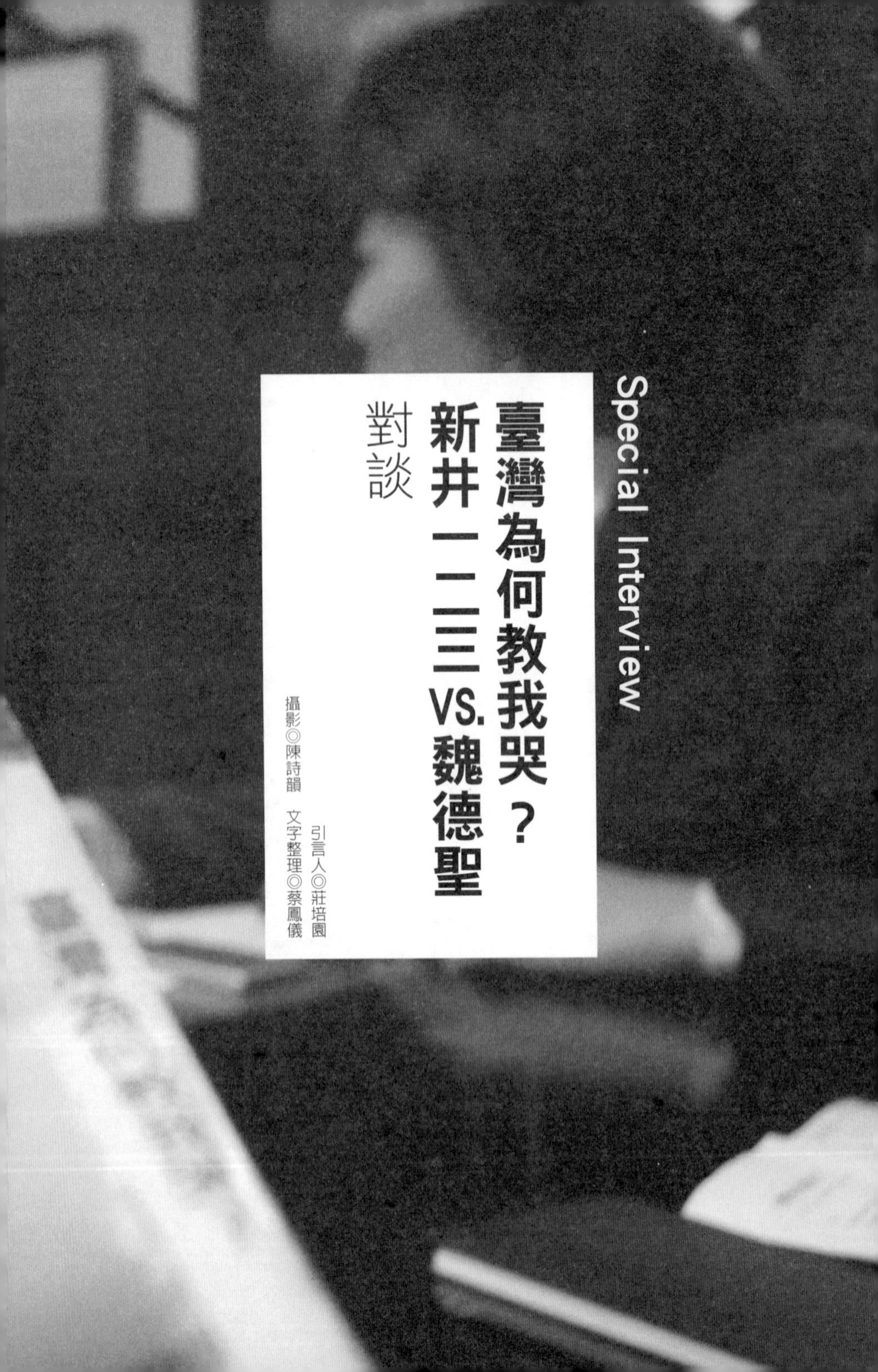

Special Interview

臺灣為何教我哭？

新井一二三 VS. 魏德聖

對談

引言人◎莊培園
攝影◎陳詩韻　文字整理◎蔡鳳儀

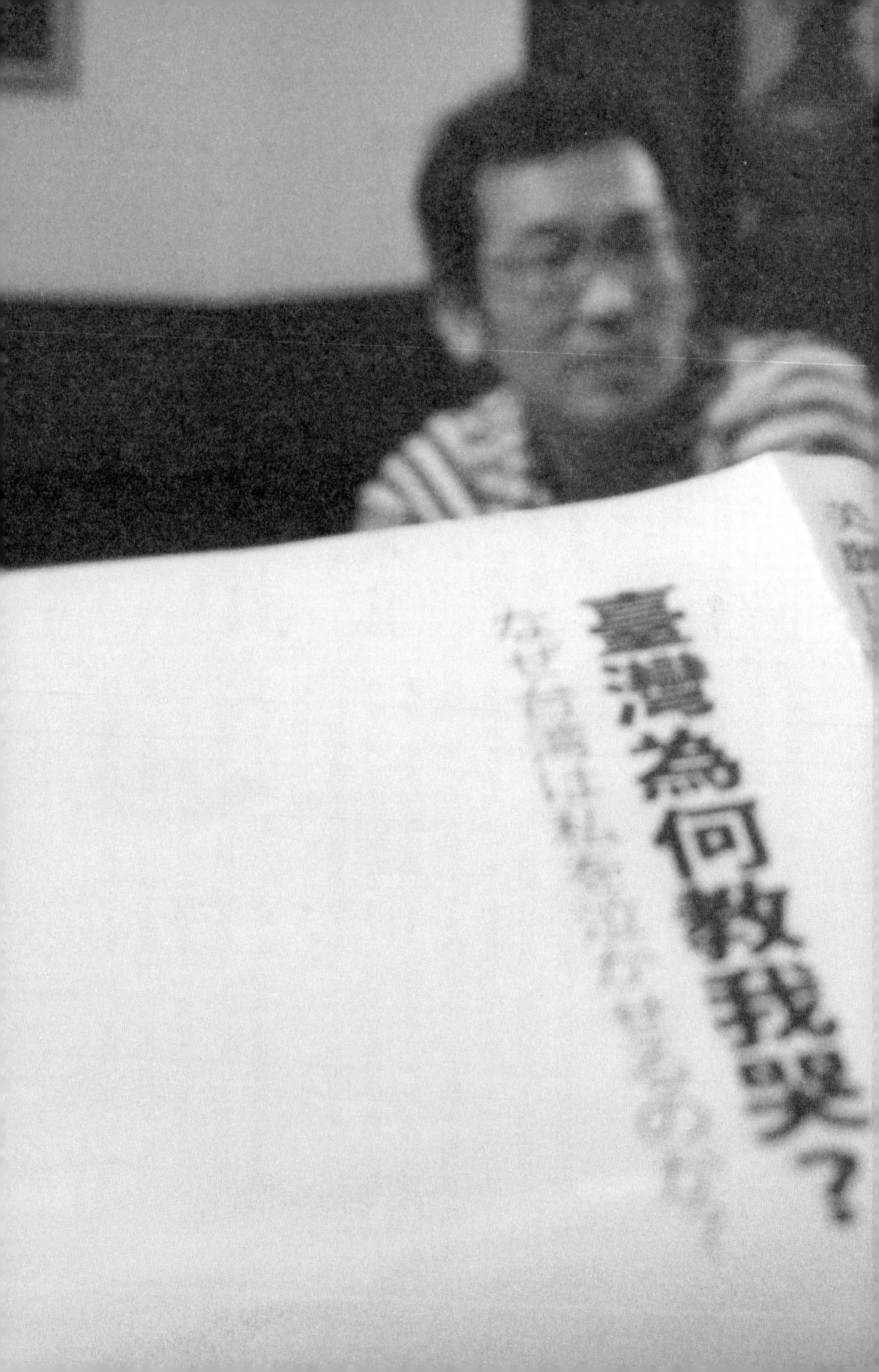
臺灣為何教我哭?

編按：

魏德聖導演的電影「海角七號」，讓新井一二三產生勇氣，出版一本關於台灣的專書，新書書名《台灣為何教我哭？》，內容從七看「海角七號」七次掉淚的心境，開始回溯自己對台灣的情感，作為一個用中文創作的日本人，新井一二三對於台灣的特殊情感，透過魏德聖導演的電影，更直接有了一次對台灣重新思考與戀慕的改變。以下就是這次精采的對談內容：

漢人是海上的鯨魚，荷蘭人是蝴蝶，原住民是鹿……

Q：因為一部電影，讓新井一二三寫了一本關於台灣的專書，從日本人的角度來觀看「海角七號」，以及從魏德聖導演的角度，如何感受這本書？

新井一二三（以下簡稱新井）：我看了「海角七號」真的是哭了很多次，每看一次，就哭一次，到最後都有二十幾次了（笑）……其實每一次哭，不是單純一個原因而已，而是有很多因素，人會流淚都是有過程的。

魏德聖導演說，台灣對日本有「恨的遺憾」和「愛的遺憾」。我覺得，「遺憾」這個詞，他用得特別美。因爲有很多遺憾，所以要哭出來嘛。常常我們想要哭，卻沒有機會哭出來，有時可能環境不允許你哭，因爲哭是需要環境的，而「海角七號」給了我機會哭出來，把遺憾的感情釋放出來。

另一個發現是電影裡面的人物，每一個都很可愛，我好像跟他們都做了朋友一樣。我特別喜歡兩個原住民的警察，勞馬和歐拉朗。喜宴的時候歐拉朗說「我想唱歌」，那一句話挺棒，我永遠會記得。過去的電影也會有原住民的角色出現，但對他們的描述一直非常不公平。「海角七號」讓原住民有了正面的形象，這可以說是台灣電影史上的里程碑。我很好奇導演對原住民的關懷究竟是從哪裡來？

魏德聖（以下簡稱魏導）：我早期對於原住民只有一個想法，覺得他們長得很好看（笑）……以前在台南，我在游泳池工作時，會看到很多原住民小孩來玩，雖然很想跟他們聊天、跟他們玩，但卻有莫名的距離，大家彼此不認識也很陌生，各玩各的，我遠遠看著他們，感覺那個小團體好像很高興又很孤單，他們長得特別黑，眼睛特別大……後來一直讀到霧社事件的書，我才有一種發現，對原住民的同情是不對的！當我們面對不同的族群，不同的歷史，同情、憐憫是不對的。長期以來對於原住民認爲他們是弱勢族群，看他們的樣子好像很可憐，但你深入了解之後，才會產生眞正的尊重。我現在看見你的樣子，是因爲我用現在的情緒看你現在的樣子，但當我對過去的你所經歷的事件了解之後，你經歷了我所經歷不到的事情，我必須尊重你的經歷。

我常常會覺得我很想回到歷史的層面去看從前的人的生活習慣，然後進而觀察漢人、觀察原住民，去了解當時的社會國際文化情勢是什麼？是迫於無奈？還是被逼迫？去了解歷史脈絡，去判斷環境所產生的我們的性格。

新井：我看了你的《小導演失業日記》，你把早期來的漢人比喻是海上的鯨魚，荷蘭人是蝴蝶，原住民是鹿，這是非常美麗的場面。你當時寫的劇本，後來沒有拍成電影？

魏導：還沒拍，但以後會拍。

新井：我可能不太了解台灣的情況。魏導在台南長大，在學校裡面是沒有原住民的同學嗎？

魏導：小時候在教會看到明明長得是原住民的臉，但說出非常流利的閩南語，後來我才知道那是已經完全漢化的平埔族，大家也把他們當作漢人，但我們都知道他們是從山上來的。在《小導演失業日記》講到自己父系的祖先，只要不是在一九四九年從中國大陸過來的，幾乎都混到原住民的血統，因爲當時女人不能過來只有男人過來。以前看原住民的確是非常弱勢，有隔閡，平地人對他們會有很大的歧視，但現在這種現象已經慢慢不存在。

新井：你對原住民的情懷因爲自己是基督徒的關係嗎？

魏導：其實認眞想一想並沒有特別的感覺，但我承認一

開始因爲好奇他們也是台灣文化族群的生命共同體，從事電影工作之後想要了解，才發現他們有很多故事。我也是參與電影之後才特別有感覺，現在工作上有一些是原住民，但不會特別把他們當原住民看，只當是工作夥伴。台灣現在漢人跟原住民的隔閡已經慢慢消失了。

新井：我看「海角七號」特別感動的一幕，是阿嘉演唱會之前戴上勇士之珠，也就是擁有了勇士的身分，然後天空上就出現一道彩虹橋，使他能夠通過它見祖靈去。這個場景，你是否引用原住民神話，只有成爲勇士才可以去見到祖靈……

魏導：老實說當時並沒有想那麼多，我先寫了「賽德克・巴萊」的劇本，然後才寫了「海角七號」。彩虹的安排是希望劇中的七個人有共同的東西可以連結，我一直思考那兩個故事、兩個時代如何有交集？如果沒有交集點，就是兩個平行的故事，於是偷「賽德克・巴萊」的彩虹來用一下，讓彩虹做爲交集點，我希望用彩虹來穿越時間與空間的想像，雖然說是比較魔幻，但是會很有趣，觀眾的想像空間會變得很大，也不去設定是或不是，就是給大家無限的想像空間在裡面，後來發現彩虹很好用（笑）。

新井：那個彩虹用得非常成功，我跟日本學生一起看那個畫面時，指著彩虹告訴他們：阿嘉現在超越時空，到了一九四五年跟日本老師相錯的過去，現在他終於能夠把包裹送到友子阿嬤那裡了。我身上現在戴著的是在牡丹鄉排灣族商店買的琉璃珠，老闆娘說導演應該用他們這個才是道地的，說導演用錯了……

魏導：我知道應該用這個，但是當時有很多困難，本來想要找做琉璃珠商家，可是沒有人願意合作，後來終於找到了一家，我也希望不單是傳統，還包含現代的元素，讓外在是符合現代的包裝，但是又存在傳統。我也明白道地的勇士之珠，但是現實狀況是如此。

新井：我因爲看了「海角七號」才下定決心去南台灣的。過去來台灣基本上都停留在台北，但看了電影之後，一定要去了。因爲魏導是台南人，我第一站去了台南，然後高雄、車城、牡丹鄉、滿州鄉，去恆春、去墾丁海灘……終於體會到台灣眞是個南方島嶼，有那一塊很大片的海洋在那裡……一般外國人對於南台灣沒有什麼了解，有些地名如台南、高雄是聽過，可是沒有具體的image。我自己這一趟旅行之後，才眞正發現南台灣的豐富。台南眞的很酷呵！

魏導：下次再介紹你台南更多好玩的東西，台南目前還存在很多原始傳統，很多很老的廟宇，日治時期的建築，當然我也擔心每個城市在現代化的過程，該保留沒有保留，想要仿傳統但又仿得不倫不類，在安平那邊有些地方保留得還不錯，至少沒有統一規格化。每個地方都曾經歷許多年代的層次，你可以從這個房子看到時代，或者從另一個房子看到另一個時代，每個房子都有每個房子的時代，鐵皮屋、磚房、竹編房混在一起也符合這個地方的個性。我常覺得台灣很亂、很小，但是很漂亮！就像家裡的後花園，小小的花園，什麼花什麼草都種，但當花園一開花，你會看到很美、很五彩繽紛的花園……

新井：有一個朋友跟我說，台南好比是波士頓、是美國的新英格蘭，你覺得這樣的描述對不對？

魏導：也可以這麼說，但是我不知道這個貴族是否沒落了？我認爲台南是最有貴族氣息的地方，而這種氣息裡面有一種驕傲，這種文化驕傲是好還是不好？見仁見智，我個人是覺得很美。你看很多傳統企業在歷史上，主導整個台灣的經濟文化，雖說台北是最大的經濟商業區，而台南應該是個貴族，有錢、有文化、有知識份子。

台灣有台北，台灣有台北之外……

Q：本書有三分之一的書寫是從「海角七號」開始，當魏導讀到這麼多的文章，不僅是一篇報導而已，新井一二三也說台灣有台北，台灣有台北之外，看了電影之後才去旅行中南部，請問魏導在看了新書之後，答應對談的心情是如何？

魏導：有一天公司的人拿了一張剪報給我看，說這個文章是寫給我們的，我那時想這個人到底是誰？怎麼可以解讀那麼多台灣的元素？後來看了書之後，發現她的觀察力其實滿敏感的。我眞的很高興，很難得有人願意撇下國族的身分，新井小姐沒有站在日本民族主義，用一個單純的角度，完全站在一個最小的單位，也就是「人」的角度來看台灣這個地方的生命力！

到目前爲止，我對「海角七號」的效應還是很意外，我常問自己到底我做了什麼？讓那麼多人有那麼多強烈的想法、感覺，對我來說，我的出發點很單純，就是有一個故事，我用最熟悉的人物，還有對話，用最簡單以及原始的力量去做，但我是很努力去完成。不要說日本人，就連台灣人也搞不清楚，但我想不論是誰，都很難理解到底有什麼元素？讓大家喜歡這個電影。

新井：「海角七號」啓發的東西，眞的非常多非常多。因此我在明治大學特地開了一堂台灣電影課，要給日本學生看「海角七號」。我們看台灣新電影作品，覺得很美很喜歡，但始終有一種看不懂的感覺。可是呢，看了「海角七號」，果然大家都看得懂，即使不理解台灣歷史的日本年輕人都感動得流淚。

有一個非常重要的因素，就是「海角七號」用台語用得很豐富、很自由。這一點，連不懂台語的外國人都感覺到的。所以，這次專門爲了「海角七號」，讓日本發行商第一次想出了一個辦法，把字幕中的台語用黑點來跟國語區別。雖然日本觀眾聽不懂對白，但是通過字幕，可以理解南台灣社會的語言生活究竟是甚麼樣子的。過去在日本放映台灣電影，都是只用一種字幕而已，國台語之間從來沒有分別。

以前台灣新電影介紹到日本來的時候，聽說裡面用了台語對白，是破天荒的。可是，當時沒有人指出來：其實侯孝賢導演是客家人，他拍的「冬冬的假期」、「童年往事」裡很多對白是客家話的。楊德昌導演早期的作品，更哪裡有台語呢？不可能嘛，人家是外省人。當時我們無法明白台灣複雜的語言狀況。

我看了「海角七號」以後才發現，南台灣的人自由自在地講國語也講台語，另外還有客語和原住民的語言。那樣多語言社會的面貌，眞讓我大開眼界了。我都注意到劇中原住民老警察歐拉朗唱排灣語的歌，歌詞中有些詞竟然源自日文。他把台北唱成「たいほく」，把工場唱成「こうば」，我聽的時候聽出來一個又一個日語。原來他們的語言裡，還保留了那麼多的日語，這也是一個新的發現……

還有，「海角七號」中，日語對白自然的程度，都遠遠超過以往台灣電影的水平。比如說「悲情城市」裡的角色，用的日文不是很自然。還有像王童導演的「稻草人」，日本警察也說不好日文，也許刻意塑造了滑稽的形象都說不定。爲什麼「海角七號」的日文可以掌握得那麼好呢？像七封情書裡的日文那麼美麗……

魏導：可能因爲是由日本人來演出，七封情書也是請人翻譯的，不過我現在都忘記了是誰翻譯的（笑）……

死了，才可以重生……

Q：魏導聽新井一二三看了電影，哭了二十幾次，感覺是什麼？而新井一二三為什麼對這部電影的感情如此豐富？

魏導：我當然是很高興，但是哭二十幾次會不會有點太多了一點（笑）……在台灣我聽說有人看了八次，我都覺得八次已經有點過頭了，至於哭二十幾次……我不會覺得不好，因爲如果有一個東西，可以讓別人一直有一個情緒在那裡繞，我覺得是一個特別的經驗。

新井：我每次看，每次的感受都不同。可能魏導你眞的是個天才，或者上帝在幫助你，透過你用電影表現出來台灣人的故事。

我覺得電影中一個很棒的角色設定就是那個日本老師。殖民統治本質上肯定是不平等的，而台灣老一輩很多人對日治時代的懷念都透過日本老師。你把日本老師放在電影裡，把他描寫爲一個卑鄙、懦弱的男人，不敢面對情人還偷偷逃走，如此的性格跟個性。最後更好的是你讓這個日本老師死了，時間過了這麼多年，不能讓那段記憶被神格化，所以應該讓他死去，死了之後才可以再走下去。

站在基隆港的友子，打扮完全西洋化，也挺棒的。台灣老一輩似乎特別珍惜、懷念日本帶來的近代文明，摩登文化使他們憧憬進步的未來。所以茂伯要唱的歌，不是日本的歌而是舒伯特的〈野玫瑰〉。台灣確實有不少老人喜歡唱中學時期用日文學來的西洋歌曲。魏導，爲什麼選擇〈野玫瑰〉大合唱呢？

魏導：當時是因爲要讓日本歌手能夠一起上台大合唱，所以嘗試找了幾首台灣與日本有共同記憶的歌謠，但挑了很多都不適合在舞台上表演，後來又想到黑澤明的電影用過一次〈野玫瑰〉。我當時對〈野玫瑰〉不覺得是外國的音樂，只認爲是一首兒歌，心裡想爲什麼不是兒歌？而是歌謠呢？所以就決定〈野玫瑰〉，後來查證之後，發現很多國家都拿這首歌來當兒歌，那就更好了！不是只有台灣、日本舊時代、新時代，還擴充到整個世界的族群。而且歌詞也有象徵性，與電影中男孩跟女孩的愛情很吻合。因爲愛情就是你愛我，我愛你，愛情沒有那麼多複雜的東西，如果愛情回歸到一首兒歌，就是一個男孩最初看到一朵玫瑰的最純眞的美。

穿越時光隧道，閱讀台灣……

Q：魏導讓新井一二三看到台北以外的台灣，是什麼影響新井妳這麼關注台灣與中國？

新井：我上大學之後開始學中文，大學時期已經去中國留學，那已經是很久很久以前的事情。第一次來台灣是還沒有解嚴之前，印象很深刻。從東京飛到台北是地理上的旅行，但是到了台北之後卻好像通過時間隧道到了另一個時代，因爲台北街頭當時還保留著許多幾十年前日治時期的東西。我在戰後的日本出生長大，生活中沒有台灣，戰後的日本是不談台灣的，但是來了台灣卻發現了以前的日本，這到底是怎麼回事？

台灣好像一本長篇小說，不是短篇小說一下子看完、看得明白的。台灣要你花很長時間去慢慢閱讀。我首先發現的是很有趣的背景，那時間隧道般的都會街頭，然後認識一個又一個人物，都有不一樣的家庭背景和個人故事。透過每個登場人物，慢慢去看台灣這本長篇小說，這樣子才能看懂、看得有味。

受「海角七號」的啓發去恆春半島，我想到曾經十六世紀以前的人，在這個海域自由活動航行，從一個島到另一個島，他們可能想也沒有想過什麼國家、族群……後來我到馬來西亞東馬的婆羅洲發現，那邊的原住民跟排灣族有很多相似的地方，非常有意思，想像力受刺激。可以說，到了恆春半島後，我的世界又擴大了。

另外一個很重要的發現，就是牡丹社事件，「海角七號」的背景其實就是牡丹社事件的現場。我感到震撼！這個事件是歷史的轉折點，不論對於台灣，對於日本，也對於中國。而魏導偏偏選擇這個地方拍了「海角七號」。

魏導：有人常問我是不是對日本有特別的情結？爲什麼兩部電影都是台日相關的劇情？其實我認爲不是我

好奇，是因爲大家都不講而已，當然我絕對不是故意要去強調，但歷史沒有辦法去否定，因爲這兩個民族曾經在某個時代是命運共同體，中國，台灣，日本三者的關係，中國與日本就像是台灣的生母與養母，我們在中間究竟要扮演什麼角色？我們的父母輩、祖父母輩，哪一個時代沒有被影響過？但是不管是好，還是不好，我們是第三代，來講我父親母親日本時期的經歷，應該要跳脫，以更客觀的角度來看，是什麼造成日本民族對台灣的第一代第二代影響那麼多的愛與恨與矛盾？我經常舉的例子是，你有一個好老師，可是他一直用非常認眞的態度教你一定要考上大學，以嚴厲的態度打你，有一天你考上大學了，可是你的臉被他打歪了，也被打聾了，你要愛老師讓你考上大學？還是恨他把你的臉打歪了？時代造成的矛盾就是這樣，我不喜歡把歷史人物做批評或結論，我們用現代的思考去評論古代的人是不對，因爲當時社會環境、國際情勢、文化是不一樣，我們只能去思考，去了解。

新井：我來台灣有十多次，感覺到很多人看我的眼光都充滿著疑問。我去中國唸了近代歷史，知道中國人對日本的看法是甚麼樣的。來台灣，最初認識的很多是講國語的外省人，他們受的歷史教育跟中國人一樣，就是八年抗戰嘛，會當我是日本鬼子。但是本省老一輩的態度就很不一樣，他們不亢不卑地對待我，把我當成他們的後輩，像從遠處來的親戚小孩似的。那兩種極端不同的態度，大概是中年一代台灣人對日本有矛盾感覺的原因吧？好像大家都想問我這是怎麼回事？我的學生看了「海角七號」之後也提問：台灣的年輕人怎麼可能不恨日本？怎麼可能還會喜歡日本？都是一言難回答的問題。

魏導：你看路上的流浪狗，只要有人餵牠，牠就接受，但是如果有人要打牠，管他是誰，流浪狗就會反抗，台灣也是如此，被日本統治反日本、被國民黨統治反國民黨、被民進黨管反民進黨……這是台灣的命運，因爲沒有人把我們當成繼承者，我是被家族遺棄的，不算正式的家族成員，沒有繼承權，所以有人對我好，不要來侵犯我，我就喜歡；有人想要管我，侵犯我，我就要反抗。我們一直沒有一個身分的認同感，所以對誰都不信任，所以要反抗。

新井：我在解嚴之前來台灣，在飯店餐廳看到日本嫖客跟妓女一起吃早餐，那個場面讓我很不舒服。當時的台灣不是女孩子來玩的地方，是男人來的地方，那使得當時是日本女大學生的我很難過。所以後來很多年我都不敢來台灣。但是我不敢來的那段時間，台灣發生了很大的變化。一九九六年台灣第一次總統直選，我剛好在香港工作有機會來做採訪。當時全世界媒體都非常關注台灣海峽的導彈危機，我也去了馬祖。那時候的台灣，我發現到處都是叩應節目，大家都在發表意見，我們採訪後大家一起去喝酒，然後又去陽明山泡溫泉，特別熱鬧的印象。但是過了五年之後，再來台北，變得非常安靜，好像大家喝酒喝少了……

魏導：（笑）酒還是一樣喝的，可能是大家對政治的敏感，已經不熱中參與了，這是每個時代的改變過程，像戰後整個新時代的改變，台灣在這一波新的民主化過程的衝擊，接下來的下一波是什麼？有什麼會讓群眾騷動的？可能還要再觀察。

回到「人」的基本層次……

新井：我很期待九月份上演的「賽德克・巴萊」，這是很難的題目。

魏導：那是一個讓人去思考的事件，因爲大家都想不懂，但我思考很久。也有很多人擔心我做這個題目，一方面很多人希望你做，讓大家知道這個事件，但又擔心如果做了不對，讓大家誤解……所以現在還滿緊張的……當時「海角七號」比較自由……對我來講，我能夠保有一個最好的東西就是我沒有負擔，我不用擔心因爲開場的一句話說錯了就沒有資源，「海角七號」就是我成長經驗的反射、我結交的朋友、碰到問題我的反應是什麼，當我無意識去呈現，只爲了讓故事很豐富，我講了這個故事，聽故事的人來聽了之後，他也有自己的觀察。我看到新井的書才知道原來她有很多觀察……所以我想在我的潛意識裡是有產生作用的，從旁人的說法和觀察才發現，原來我寫的對白是其來有自，而不是憑空弄出來，會講故事的人太多，爲什麼別人要來聽你說呢？因爲我有我說故事的氣質。就像楊德昌以前一開始跟我說：「你們不要來學我怎麼拍電影，不要來思考我是怎麼想事情的，你們有你們的成長背景，你們有你們的生活方式跟朋友，去開發自己的頭腦，不要來開發我的。」我怎麼開發我的頭腦呢？當時我也是很潛意識吸收，並不知道那些話對我來說是最寶貴的，當「海角七號」受到注目，我才發現原來從出生到現在，覺得浪費時間做的事情，沒有去做的事情，到最後都成爲我最棒的寶藏……以前我常常想爲什麼我沒有去唸電影？可是原來就是因爲我沒有去唸電影，才能夠有那樣的思維與想法與感受……

新井：你很勇敢！從日本的角度來看霧社事件，這是一個非常重要的事件。那一年剛好是九一八事變的前一年，發生霧社事件後，就產生滿州國以及之後的歷史發展……

魏導：經歷那個時代的人都過世了，戰場上的原住民在戰場上就死了，留下來的幾乎是老弱婦孺……而我是用一種講故事的方式，來呈現這個電影，所以在整個故事的細節與情節上，當然跟歷史會不一樣。在相同的背景下，我會集中在某幾個人物身上，以講故事的線條來拍，而不是用紀錄片的方式，讓說故事的方式反應深入更多細節。我剛剛說過，我們都不是當時的人，無法爲當時的人做註解，說這樣是對，那樣是錯，我也不想做這樣的電影，因此把故事的發展放在人物性格的轉變上，讓不知道這個事件的人，會明白有那麼一群人，爲了一個信念，做了那麼大的犧牲；對於了解這個事件的人，可以從電影去看到歷史性。不是好與壞的問題，而是有灰色地帶。時代是怎麼造成的？時代是對的人做錯的事，錯的人做對的事，所以產生了時代。歷史書裡出現的人物，在電影裡我想去找到那些人物的立場，以當時的時空與環境，很多決定是情勢所逼，是環境的壓迫。

在我的電影裡有很多日本人角色，我必須去說服他們，

讓他們去接受角色的設定，而不是說扮演壞人所作所爲都是壞的，因爲壞人也是有層次的，譬如說造成霧社事件的警察以傳統的做法一定把他塑造得很壞，他的確是做了一件不對的事情，於是我找了一個又白又瘦的人來演這個角色，但在那個環境他要武裝自己才能生存，所以他很嚴格與吹毛求疵來要求，這些要求造成很多傷害，結果他還是害怕，越害怕越要武裝自己不害怕……這才是一個「人」的層次。

我常說英雄就是人格瑕疵者，這樣的人才會成爲英雄，我想整個故事不會按照歷史的細節一步一步往下找，這樣就會很難看，也許會虛構一些事情、誇張一些事情、緩衝一些事情，但是精神面沒有變，沒有違背精神文化這一塊。

有人會擔心這部電影引起仇日情結，我想看過電影的人是不會仇日的，我說過我想替歷史人物找到一個位置，爲什麼會做這個東西，很多人擔心這是一個抗日電影，但是抗日不一定要仇日。如果你沒有回到歷史仇恨的點，怎麼會去化解仇恨呢？你如何看見仇恨的點？如果說沒有這一層思考，現在握手和平不要仇恨，其實那都是假的，我不了解我跟你的怨恨從何而來？我怎麼去化解呢？

創作是因爲人的故事觸動了我……

Q：兩位的創作都跟歷史、文化與國家有關，而新井一二三有不謀而合的地方是用中文創作又是日本人，對台灣的了解或者只是台北，魏導用這塊歷史來創作時，觸動新井再來認識台灣，兩位在歷史的角度上不曾發現過的是什麼？或者感動的是什麼？

魏導：很多人說我拍「賽德克．巴萊」是要喚醒台灣對這個事件的記憶，不是的，跟那個完全無關，我從來沒有那麼大的企圖心，我對故事的著迷勝過意識形態，我想不一定是原住民，也不一定哪裡人，就是一個感動的故事觸動了我。

我看的書並不多，但是當我發現很多歷史的東西，會讓我一直往下看，包括日本的歷史，其實都因爲影像的關係，讓我產生好奇。當我對霧社事件的內容往下鑽，才了解日本，了解中國，對現在的影響。如果繼續鑽研下去是沒完沒了的，於是我找出我成長在這塊土地上，我熟悉的語言元素、題材來做，有人說可以去好萊塢發展，但我去做什麼呢？我只做自己擅長的。

新井：霧社事件是很大的事件，當年在日本報導得很多，是大家都知道的事件，有些人物給日本人都留下深刻的印象，像花岡一郎、花岡二郎。這個事件在歷史書上找得到資料，但日常是不談的，現在在日本很少有人知道。通過電影，通過日治時代台灣的歷史，讓我們對歷史的想像力可以放開範圍。

我認爲日本人對戰前的記憶是封閉的，要理解大日本帝國的歷史，有障礙、有限制。我們把記憶壓抑了很久。日本人爲甚麼要壓抑？日本放棄台灣，不是主動放棄，也不是台灣有了獨立運動而放棄，而是因爲太平洋戰爭戰敗，日本是戰敗國，被迫放棄的。因爲不敢面對失敗的記憶，所以壓抑，不能放開，也不能接受。「賽德克．巴萊」這部電影也會給日本人一次機會，找回自己壓抑了很久的歷史，而且從不同的角度、從台灣原住民的角度、或由魏導的角度來看已過去的時代。

魏導：有人告訴我看「海角七號」的兩對戀人好像暗示爲「賽德克・巴萊」鋪陳，我其實並沒有刻意經營，況且「賽德克・巴萊」鋪陳的也不是那個台日的關係，在「海角七號」要呈現的是故事的發生就是故事的結尾，而故事的結尾就是故事的發生。其實每部電影所要呈現的最後應該要有一個解放，如果說故事的開場是要解放觀眾，我想要讓觀眾在電影院就得到解放，否則看完電影之後，還有個心結糾結在胸口，演唱會結束沒有說明，老太太沒有打開信，男女主角沒有結果，當然我不需要做結論，但我只要在形式上有結果，如果「賽德克・巴萊」的結尾就是霧社事件，這是大家都知道，但我想如果結尾可以回到開始，存在是爲了什麼，有彩虹出現是爲了什麼？就是要解放觀眾。像「賽德克」一樣是一個悲壯的電影，讓觀眾會惋惜，最後還是要回到解放觀眾，而且要當下解放，放掉之後再重新開始。

新井：這個解放的作用，在我的解讀其實你是愛你電影裡的每個人物，這非常難得。我非常喜歡你愛你電影裡每個塑造出來人物，因爲不是每個電影導演都有這樣的愛，有時候看電影會覺得導演對人對角色沒有愛。因爲你對每個角色都有愛，所以儘管他們有缺點，但一樣可愛，這是我的解讀。

魏導：我常說如果一個人他的好與壞，你都接受了那才是眞正的愛，就像夫妻關係也是一樣。一個人不可能不會有不好的地方。

去，現在就去與人和好……

Q：在你們的創作裡，希望提供不同的角度去看歷史、去看文化，從台灣被殖民過程談愛情，談原住民、過去的歷史，而新井一二三觀看的時候又產生許多有趣的角度。新井一二三會用中文創作，是因為跟她的背景和好，生了孩子之後自己的關係又跟母親和好、跟自己和好；而魏導從電影中談的也是

人跟人的和好、人跟歷史的和好、人跟國家和好，新井從電影中解讀自己的感受而魏導又提供了自己閱讀的方式給新井。

魏導：這是我無意間發現的收穫，一開始沒有任何設定，「海角七號」之後直到現在做「賽德克．巴萊」，我感受到一個力量，就是不在電影當中下評論，只反映我的想法給你看。這個人在這個環境裡面，可能會經歷這個那個，所以你能不能對他做出來的行爲產生感覺，因爲有可能那個行爲在當時你也會做，所以不小心就把很多人反射在角色裡，對角色產生新的想法，還有認同點。並不是說故事本身有多麼強大的主導性，我完全不主導、不評論，你只要找到自己的位置，活在角色裡面，同時你也做了治療，看到了別人的立場，同樣你會想：「其實他好像不是個壞人，其實他應該有不一樣的心情在裡面，只是我沒有看見。」

新井：我很好奇魏導這個態度是不是很台灣的？因爲台灣經歷了很多不同的統治，懂得從不同的角度來看一個故事，因爲同樣時期的歷史故事從中國大陸的角度，從日本的角度來看，或從原住民、外省人來看，會有不同的講法與解釋。但是你特別會從不一樣的角度來講。

魏導：當然歷史不是我的專長，但我慢慢發現所謂民族國家命運共同體的結合，最後其實就是人與人遇到什麼處境，人必須要生存，所產生應對的方式。台灣經歷過很多政權的轉移跟統治，如果一個人常常被丟來丟去，會慢慢養成看臉色做事情，不會不長眼，對人的觀察更敏感，知道別人下一個動作會做什麼，從一開始的武裝到鬆懈，當沒有人對你有敵對時，你平靜思考會看到人的弱點是什麼？強勢是什麼？

又陌生又熟悉……

新井：我第一次看「海角七號」時在東京，不能知道台灣社會的反應怎麼樣？於是上網看部落格、網站搜尋資料，結果注意到兩件事情。一個是很多人都用「終於」兩個字來表達自己的心情。眞的有很多很多「終於」。

好像台灣觀眾一直等待，但究竟等待什麼呢？另外一個就是關於對白，好多人都說第一次在台灣電影裡聽到了這麼地道的台語對白，讓我很驚訝。台灣電影拍了這麼久，自從台灣新電影算起都有四分之一世紀了，竟然現在才出現地道的台語？如果說「多桑」也有表現台語，那也是二十年前了。究竟台語有甚麼問題？

魏導：應該是說在電影裡面對於台詞的設定，我之前說還好我沒有唸大學、沒有唸電影，因爲我所熟悉的話就是一般人說的話。

新井：我們在外面談台灣新電影，都說新電影拍出了台灣本土意識。可是沒有人指出來包括侯孝賢在內，新電影的導演都是外省人。由外省籍導演來拍本土意識的電影，到底是甚麼意思？

然後我們注意到當編劇的吳念眞，由他提供的本土角度，是個關鍵性的人物。

我跟日本學生一起看新電影作品，大家印象最深刻的是外省家庭的孤寂。「童年往事」、「飲食男女」、「一一」裡都出現婆婆病倒要去世的場面，但是在台灣沒有親戚，也沒有家族的墳墓。

另外，還有歌的問題。侯孝賢的「冬冬的假期」我非常喜歡。開頭是小學六年級的畢業典禮，同學們齊聲唱〈青青校樹〉，是日治時代留下的歌，結尾的音樂又是日本兒歌〈紅蜻蜓〉。「冬冬」的音樂是楊德昌擔任的，而他自己的作品裡，有美國流行音樂和西洋古典音樂，偏偏缺席台灣的歌。可以說，沒有歌是台灣新電影一個很重要的特點。是當時的台灣社會沒有歌呢？還是導演他們不能跟社會共有歌呢？因爲歌是詞和曲的結合，不共有語言的人自然不能共有歌。

後來我慢慢理解，原來台灣新電影時候所說的本土意識，是外省人知道不能回去，要留下來了，把台灣開始當作自己的故鄉時拍出來的作品才叫做本土電影。「冬冬的假期」、「戀戀風塵」裡的台灣風景眞的特別美，應是侯導愛台灣鄉土所致。可惜，到了「悲情城市」、「好男好女」，外省觀點看二二八事件、白色恐怖和本省觀點之間似乎出現了分歧。

魏導是地道台灣人，也是解嚴以後出社會的第一代人。

「海角七號」裡，每個角色合力演奏、演唱阿嘉寫的歌。所以，台灣觀眾看了以後說，終於有了眞正屬於自己的電影。這是滿動人的，何況魏導是楊德昌的學生，侯導也給他以很高的評價。

魏導：其實我看「悲情城市」是對那個題材很好奇，原來小說寫的都是眞的事情。小時候有個外省老師來家裡刻印章，但是不知道爲什麼我爸跟外省老師兩個人吵起架，吵得不可開交，我爸當場把印章銷毀，鋸成兩半不要錢了，可是矛盾的是，我有個姑丈是外省人，對我爸爸非常好，我爸爸也非常尊敬他，台灣人對外省人的愛與恨就像對日本人一樣，台灣人一直在矛盾中找平衡點。就像在「賽德克．巴萊」會有很多日本的角色，在那個時代他們被送到台灣來，因爲很多原因他們做了很多他們不希望做的事情。

剛剛說台灣新電影那個年代我還沒有參與，所以對省籍很不敏感，我眞的沒有想過電影裡所呈現的本省與外省的關係，當我意識到我要進入電影行業，要了解電影時，我必須看所謂的經典電影，就是那種一部片，可能要三、四天才看得完，看得很辛苦，我也沒有去了解台灣新電影是怎麼回事？本省與外省觀點在我看「悲情城市」看「牯嶺街」我有一種又陌生又熟悉的感覺，譬如說像掛在牆上那個照片是祖先，你每天看，但是拍成電影之後，會發現原來我的祖先有那樣感動的故事。好像對於原住民，你常常看到工作、生活旁都有原住民，但是當看到原住民的電影，就會有一種又陌生又熟悉的感覺。

結語：

這次非常感謝魏德聖導演在「賽德克．巴萊」電影忙碌後製工作中抽空參與，新井一二三爲了這次能夠與導演面對面談話，特別從東京飛來台北，短短兩個小時的對談，一定還有許多未竟之處，期待這場對話，提供給喜歡電影，喜歡閱讀的讀者一次豐盛的知識饗宴。（完）

．特別感謝果子電影嘉妤、小家的協助安排。

【自序】認識一個台灣朋友，等於讀一本小說

感謝魏導！

這本書，我要獻給「海角七號」的魏德聖導演。他不僅給大家帶來了一部好棒的電影，而且給了我勇氣出一本關於台灣的專書。

書名《台灣爲何教我哭？》出自書中的一篇文章〈海角七號爲何教我哭？〉。這篇文章，最初是二〇〇八年秋天，我爲北京雜誌《萬象》月刊而寫的。當時在大陸，「海角七號」還沒有公開上映，我想給中國讀者介紹這部世紀傑作。只是，月刊的運作比較緩慢，從我寫成文章到刊登出來，會有兩個月的時差。其間，台灣有些朋友聽到我在東京看「海角七號」哭個不停，來電郵詢問：究竟是怎麼回事？於是我決定，把本來七千多字的文章縮短成報紙能用的三千字稿件，並投給台灣報紙。結果就是《自由副刊》二〇〇八年十一月二十日登出來的〈『海

角七號』爲何教我哭？〉一篇。果然，自從我一九九六年開始在台灣報刊上發表文章起，該篇收到的讀者反應最多，也最熱烈。

我對「海角七號」如何一見鍾情，甚至未見鍾情，請參見本文。總之，我身在日本，透過網路收集了許多有關「海」片的資料：電影音樂CD一出版就郵購來聽，書本一出來就訂購閱讀，DVD一問世就購買再看再哭，也爲了讓日本學生看這部影片，特地在明治大學開了個台灣電影課，並且在研究室門上貼了「海角七號」的金屬門牌和阿嘉獨自坐在堤防上看大海的海報。如此一來，不僅學生，連同事們都過來問我：這些是甚麼？

我在明治大學理工學院的綜合文化教室授課，同事當中有人研究美國黑人音樂、沖繩照片歷史、南太平洋文化、中東電影等等。大家本來對世界各地的後殖民文化狀態共同有興趣，當時正討論能否組織一項共同研究並向日本學術振興會申請資金（科研費＝KAKENHI）。經過討論，我們的題目決定爲「地區文化Creole（克里奧爾＝混合）化之比較研究」，經費也成功地批下來了（研究課題21320073）。

就這樣，我開始對影片「海角七號」的背景，即南台灣恆春半島的地理、歷史、民俗文化等，開始做較爲詳細的調查，結果學到了許多本來根本不知道也沒有想到的歷史故事。然後，經過八八水災造成的周折，二〇〇九年底，我終於坐飛機、搭高鐵、租車，抵達了恆春古鎮、阿嘉的家、茂伯的家、友子阿嬷的家、阿嘉抱住了友子的白沙海灘，以及一八七〇年代牡丹社事件的舊戰場，還有叫做滿州的排灣族村落。（請參見〈南北紀行〉各篇）

老情人寄來的情書？

填寫科研費申請書的時候，我翻開自己的文件夾，找了找曾經寫過哪些關於台灣的文章。其實，一九九〇年代，在香港做自由撰稿人的時候，我寫過不少，而且在當年的《九十年代》月刊上發表的〈『白色恐怖』成了『後現代』？——台灣人的歷史觀〉、〈文化的旋轉木馬——既像日本，又不像日本的台灣文化〉等文章的內容，跟當下的題目也頗相關。然後，我注意到了：其中一篇的標題竟然是〈老情人寄來的情書〉。文章裡更寫道：看了那些「情書」，我忍不住大哭了一場。一九九五年初寫的文章，談的當然不可能是「海角七號」裡的老信件，而是當時在日本正轟動一時的《台灣萬葉集》中的作品。（至於詳情，請看內文。）

這會是巧合嗎？怎麼相隔十多年，我都爲「老情人寄來的情書」而嚎啕？怎麼教我大哭的情書，又都涉及到日本對台灣的殖民統治以及其結束？

曾經在香港報刊上發表的關於台灣的文章，我後來沒有收錄於台灣出版的單行本。主要由於一九九六年，我在香港遇上了保釣反日運動。之前在當地各報刊上，我共有七、八個專欄，然而保釣風波一來，非得全停下了。劃清界線是怎麼回事，我以前只有聽說過，或者在文革電影如「霸王別姬」裡看到過，在那場風波中，卻親身經歷到了。我深深體會：身爲日本人用中文寫作，在平常時候是和平的文化活動，但是緊急時刻一到來，就會被看成政治行爲的。我的中文寫作生涯，本來就在那風波中要結束。誰料到，當我在香港正吃閉門羹的時候，雪中送炭一般，來了台灣報紙的稿約。我一輩子要感謝〈人間副刊〉主編楊澤提供的園地。「三少四壯集」還沒寫幾篇，大田出版社就打來電話要訂出書合約。一九九九年問世的《心井・新井》是我在台灣出版的第一本書。爾後的《東京人》（二〇〇〇年）和《櫻花寓言》（二〇〇一年）收錄了曾在香港發表的文章，但是我故意排除了涉及到台灣的稿件，因爲當時我不能確定，台灣讀者對那些文章會有甚麼反應。無論如何，我絕不想再引起筆禍而失去好不容易獲得的台灣讀者，何況他們對日本事物有那麼深厚的興趣。

台灣，我是一九八四年夏天第一次去的。後來有十年沒有再去，原因寫在〈安靜的咖啡廳〉（一九九三年）一篇裡。關於台灣我寫的第一篇文章，充分反映著日本知識分子對台灣長期懷有的印象。然後就是《台灣萬葉集》帶來的嚎啕大哭了。記得一九九四年春天，我從加拿大搬去香港的途中，在故鄉東京停留了三個星期。其間買下的那本書，上了飛機以後才有機會翻開。未料，一開始看，我就被極其強烈的感情所襲，顧不了眾目而嚎啕大哭起來了。從某個角度來說那是戰後一代重新認識台灣的開始，但是現在回想，恐怕也是重新誤會台灣的開始。

關於《台灣萬葉集》的誤會

《台灣萬葉集》是日治時代末期受了高等教育的一群台灣人，殖民統治結束四十多年以後，用日文表達出來人生感慨的詩歌（和歌）作品，附上了各位作者的簡短傳記以後，由日本集英社結集出版的。我當時把它形容爲「老情人寄來的情書」，因爲日本人離開台灣這麼多年以後，他們仍然用日文從事著文學創作，用日文傳達自己的心情，似乎意味著「感情還在」。好比日本是卑鄙的男人，拋棄了台灣這女人以後，裝著甚麼都沒有發生；純情的台灣則被日本拋棄以後，又給國民黨威權統治了四十年，進入晚年才能鬆口氣，拿起筆來寫給老情人的信件裡，縷述了離別以後的遭遇和感受。今天，相隔十多年，再看《台灣萬葉集》，我眞慚愧當時的自己和許多日本人一樣明顯誤讀了台灣老一輩詩人們的心意。

為光復／歡欣雀躍之邦／竟死在冤獄

宿命乎？／蓬萊之民／一生更三度國籍

有空襲／活過來之命／卻喪在國軍手裡

曾崇敬為皇的老人／電視上的葬禮／眼睛濕潤

（這裡引用的均為《台灣萬葉集》編者吳建堂的作品，由引用者翻譯）

這些作品，怎會是寫給原宗主國的情書呢？不會的！作品中充滿的是對台灣人之命運感到的深刻無奈。然而，包括我在內的日本讀者卻專門關注了他們所用的「日文」，根本沒看懂內容。含蓄的台灣詩人們，沒有大聲譴責日本的暴行，但是仔細看他們的作品，找出怨恨之詞語並不困難。例如：

雖不認為日本人拋棄了台灣／日本國確實拋棄了台灣（吳建堂《孤蓬萬里半世紀》）

老一輩台灣人對日本的感情，顯然非常複雜。不過，有一件事情非常清楚：他們用日文創作，是從小受了日文教育，一輩子以最善用的日文來表達思想和感情的緣故。這是一個特別敏感的話題。《台灣萬葉集》問世以後，日本有人把台灣詩人們稱做「日本語族」，而這用詞傷害了當事人的感情。他們曾被迫做日本人，後來又被迫做中國人，使用語言都不是自己選擇的。現在又稱爲甚麼「族」，實在很不禮貌了。畢竟，命名永遠是權力行爲。

《台灣萬葉集》中的作品，跟世界上所有的藝術作品一樣，是作者爲自己以及全人類而創作的，並沒有專門針對於日本讀者，更沒有表現對殖民統治的饒恕。當年在飛機上，我嚎啕大哭，因爲作爲日本人心中對台灣一直感到內疚，希望被饒恕，寧願相信《台灣萬葉集》是曾經傷害的老情人寄來的和解信。但那是多麼自私的心理邏輯！明明知道自己屬於加害的一方，卻期待對方會主動和解。

殖民地責任

一九九六年以後，我開始常去台灣。認識一個台灣朋友，等於讀一本小說。在台灣，每個家庭都跟一部長篇小說一樣，而在眾多的登場人物中，一般都有日本人。這當然不足為奇了，因為曾經半世紀，台灣屬於大日本帝國，人和東西都經常往來的。台灣人覺得理所當然，但是我還是感到驚訝，因為成長在帝國解體以後的日本，生活中沒有台灣。這非對稱性，無疑是殖民統治留下的。非對稱，也許說得過於好聽，其實就是不平等。宗主國和殖民地是不平等的。但是，帝國解體以後多年，兩者的關係怎麼仍然不對稱呢？我注意到，台灣朋友們的眼光始終在詢問我：為甚麼？但是，他們跟老一輩詩人一樣，特別含蓄，從不開口大聲責問。反之，就是在眼光裡，有那疑問、期待、不安、不放棄。當二十一世紀的年輕台灣人來東京發現這非對稱性的時候，我特別感到過意不去。

我在前面寫《台灣萬葉集》也成了日本人重新誤會台灣的開始。非常遺憾，自從李登輝總統時代起，日本右派開始利用老一輩台灣人的聲音，來免罪過去的殖民統治，甚至美化軍國主義了。現在日本最活躍、影響力也最大的右派政治團體之一竟叫做「日本李登輝友之會」，由我看來，是顛倒的殖民主義。

最近，日本有些學者（如東京外國語大學的永原陽子教授）提出分開於戰爭責任的殖民地責任。他們的出發點是：殖民統治本身就是罪惡，無論殖民地化（colonization）過程是合法的還是非法的。另外，既然有殖民地責任這回事，原宗主國對舊殖民地的非殖民地化（de-colonization）過程也該有責任。台灣老詩人告發日本國拋棄了台灣，應是在指摘：日本沒有負這責任而逃跑了。年輕一代台灣朋友們始終對日本有疑問，也是非殖民地化過程之不妥所致的吧。日本學者提出這樣的概念，因爲日本都需要爲帝國的過去打上句號，否則我們永遠被帝國的幽靈束縛，動不動就要嚎啕大哭。或者利用原殖民地的苦楚，爲自國的罪惡予以赦免。

〈野玫瑰〉給後殖民時代送葬

一九四五年夏天，日本放棄所有海外殖民地，至今六十五年了。經歷過殖民地時代的人，很多都過世了。在台灣，非殖民地化過程早完成，殖民地時代成了歷史嗎？似乎沒有。所以出現「海角七號」。日本老師、日語的西洋歌曲等，好像成了台灣本省人共同記憶中的符號。不是沒有正面的因素，不是沒有值得懷念的故事，但是殖民統治必然歪曲人性，永遠傷害居民，而且後來都辜負了大家的期待。這一切，就是魏德聖導演所說的「愛的遺憾」和「恨的遺憾」吧。於是需要送走，也需要悼念，爲了治療曾被傷害的心靈。「海角七號」教我哭，因爲它表現出來的愛很宏大，甚至能超越罪惡與饒恕。療傷歌手本來得來自日本，後來阿嘉和彩虹樂隊演唱的歌曲治療了人們（包括我這個日本人）心靈上的創傷。跟著，那日語版〈野玫瑰〉的大合唱，簡直就是台灣後殖民時代的葬禮。

十多年以前寫的文章，有些地方，我自己都已經不能同意了。仍然決定放在這本書的第二部裡，原因有二。首先，我想跟讀者分享這些年來的心路歷程。其次，別人把老文章拿到網路上公開，使我覺得，不如由自己重新發表全文以示作者的責任。

這本書是我相隔十多年嚎啕了兩次的結果。我哭了，因爲我對日本過去的殖民統治感到內疚，希望被饒恕。我哭了，因爲「海角七號」告訴我：愛是宏大的，可以超越罪惡和饒恕。尤其令人難忘的是，阿嘉戴上勇士之珠，引用著台灣原住民的傳說，通過彩虹去見祖靈了。我同意，跟自己的歷史和解，對誰來說都是達到心靈安寧的唯一途徑。（二〇一〇年八月二十日，寫於東京國立。）

Contents
目次

第壹部

第貳部
（1995-2001）

【開場】挖掘一段情感的句號

【開場】挖掘一段情感的句號——海角七號為何教我哭？

寄不出的七封情書

到目前爲止，「海角七號」已經教我哭過至少七次了，而且開始的三次在還沒看電影之前。

最初，我是看網路上的預告片哭的。場面是一九四五年十二月二十五日的基隆碼頭，遣返日本人的輪船馬上要起航。有個全身穿著純白色西服、拎著笨重皮箱的女學生，用眼神拚命尋找著同路人。可是，那個人早已先上了船，在甲板上躲藏起來不肯露面。當船舶終於離岸之際，他才冒出一點頭來，隔著欄杆看她最後一眼。那是穿著駱駝色大衣、戴著呢帽的成年男性。畫面轉換，輪船已經在航行，看起來像大海上的孤島，譬如台灣。男人用日語旁白道：「友子，太陽已經完全沒入了海面，我眞的已經完全看不見台灣島了，你還呆站在那裡等我嗎？」跟著，以浪漫的鋼琴曲爲背景，出現的大字幕寫著：「六十年前寄不出的七封情書，六十年說不出的心中悔憾。」看到這兒，我已經在嚎啕了。

過去二十多年，跟許多台灣朋友的來往中，我都注意到，他們似乎下意識地在我這個日本人身上要尋找甚麼。他們是一九五〇、六〇年代出生的台灣本省人，在成長的過程中，或者從家裡老一輩彼此之間交換的片語隻字，或者從社會上顯然存在的政治忌諱，心裡產生了一道共同的謎。那是猶如單親媽媽帶的孩子自然會有的疑問：我父母爲何離了婚？父親在哪裡做甚麼？他們看我的眼光有點像我是他們離了婚的父親跟另一個女人生的孩子。我估計，台灣朋友們的心態，主要是後殖民時期跟父母一輩之間產生的語言隔閡和記憶斷絕所致，使得有關過去的許多話題問也問不清，答也答不明。「海角七號」的預告片告訴我：他們終於找到了謎底，並且爲多年來的感情糾纏勇敢地打上了句號。

時代的面貌

匆匆查看關於影片的資料，我得知「海角七號」獲得了二〇〇八年台北電影節百萬首獎。在視頻上收看著頒獎場面，我禁不住第二次哭起來了。導演魏德聖長的樣子就跟之前台灣電影界的大師們，例如侯孝賢、楊德昌、李安等，非常不一樣的。可以說他有標準的台灣本省人模樣吧。矮個子、黑皮膚、小眼睛、大鼻子。儘管如此，他又顯得那麼地瀟灑、那麼地帥氣、那麼地自在。

魏導一九六九年八月十六日在台南縣永康鄉出生，父母在廟前開商店，本人是一所工業專的畢業生，不像大師們個個都是科班出身或者從美國拿學位回來的。基層出身的本省人，過去在台灣社會上的地位，無不像印度裔美國後殖民評論家斯皮瓦克（Gayatri Spivak）在《屬下能說話嗎?（Can the Subaltern Speak?）》一書中描述的「屬下（the Subaltern）」，難得出現在外省籍大師們拍的作品裡，根本不可能擁有表象自己之途徑。曾經做楊德昌作品「麻將」副導演的魏德聖，如今在台北電影節的大舞台上致謝詞，清楚地表示：台灣本省人終於擺脫了「屬下」的處境。而且頒獎的侯孝賢也特有氣度，很誠懇地說：「我一直期待這樣的台灣電影，已經等了很久很久。」那一句話豈不意味著台灣電影界的領導地位從外省人禪讓給本省人了嗎?恭喜!你們都太棒了!

還嗚咽著，我也查看日本方面的資料。眞羞愧自己的後知後覺，原來「海角七號」也在二〇〇八年的日本幕張海洋電影節得過大獎的，網路上有記者招待會的紀錄。誰料到，看著那些文字，我的視界又開始模糊了。據報導，魏德聖來日本參加電影節，跟女主角田中千繪一起回答了記者提的問題。被問來日感想，魏導說：「能夠在千繪的家鄉上映作品，我最感到高興」，使田中熱淚盈眶。不僅如此，他也向在場的田中父母說：「在台灣，我們會好好照顧您們千金。請放心」，這回田中再也忍不住嚎啕了。可見，小個子魏德聖是個大人物。以往在日台文化交流中，日方往往霸占主動的男性角色，台灣方面則被迫扮演相對被動的女性角色。如今帶「海角七號」來日本獲得了電影節大獎的魏德聖，卻泰然自若地表現出既很男性又很父性的新台灣人形象。多麼厲害！

這個魏德聖究竟是甚麼人？在網路上進行著調查，我忽然發覺：台灣媒體不把他叫做本省人，部落格上的評論也很少用外省人、本省人這個區分來討論「海角七號」的。於是我問問台灣朋友：這是怎麼回事呢？人家說：「你不知道嗎？最近很少說甚麼外省人、本省人了。好像只有結婚的時候，省籍還會被提起來，有可能成爲父母反對的理由。」這變化，我們在海外沒有注意到，但是看來追溯到一九九二年李登輝執政時期，修改了有關法律，在戶籍簿、身分證等公家文件上以前必須塡寫籍貫的地方，全改成出生地開始的。今天六十歲以下的台灣人大部分都在台灣出生，身分證上寫的出生地是台灣某地，十幾年來不必公開聲明籍貫的結果，社會上已經不大能分別誰是外省人，誰是本省人了。關於魏德聖，台灣人也只說他是台南出生，而不會特地說他是台灣本省人。

另外一個因素，看來是政治環境的轉變：經過民進黨本省人政權辜負了選民期待的八年，台灣人自己重新讓一個外省人政權上了台，省籍意識也不能不發生變化的。如今的外省人不敢再用「本省人」這個「屬下」式名詞來稱呼社會上的多數人。本省人自己則更不會用了。也應該如此，因爲國民黨白色恐怖時期通用的「本省人」一詞兒，其實跟日本殖民統治者使用的

「本島人」相應，隱藏著要奪取眞名、壓制固有身分認同的目的。解嚴以後二十餘年，今天的台灣本省人光明正大地自稱爲台灣人。其實，我自己都清楚地記得，二〇〇〇年左右，跟台灣朋友們用英語交談的時候，他們的英語第一人稱正從「we Chinese」變成「we Taiwanese」。我這次在部落格上看到，有人討論「海角七號」之際，爲了慷慨地表示並沒有排除外省人的意思，特地註明：「眷村文化也是台灣文化的一部分」。那措詞教我大吃一驚。從前外省人霸占台灣社會高層的時候，人人都講國語（而不是台語）的「眷村」居民跟貴族一般驕傲，稱外面的本省人爲「老百姓」的。由今天的台灣人說來，眷村卻好比是大陸難民收容所。時代眞的變了。

我不是拋棄你，我是捨不得你

最後，我終於有了機會從頭到尾看「海角七號」一遍，驚訝地發覺，原來這是一部搞笑片！不過，我馬上想通了，就是因爲採取了人人都會喜歡的通俗商業片形式，而且是音樂喜劇兼戀愛悲劇的形式，「海角七號」的台灣票房才能超過所有華語影片的紀錄而跟好萊塢的超級大片如「鐵達尼號」相比的。也跟我原來想像的不一樣，在整齣電影裡，關於一九四五年別離的那對情人（梁文音飾演的台籍女學生和中孝介飾演的日籍教師）的故事所占分量並不多，只是在開頭和最後的幾分鐘出現，其他時候則一貫做忽隱忽現的背景而已。「海角七號」主要是台灣最南部的恆春半島組織一個當地樂隊的故事。成員裡的郵差阿嘉（范逸臣飾演）發現有寄至日治時期舊地址「台灣恆春郡海角七番地小島友子樣」的包裹。收信人的名字恰巧跟負責樂隊的日籍公關友子（田中千繪飾演）一樣。

看著看著，我對二十一世紀台灣社會的眞面目大開眼界。首先，影片裡的台語和國語一樣多，而且每一個台灣人角色都會講這兩種語言，有些人另外還講客家話、原住民語言和日語。他們是去台北拚搏了十五年都沒有出息的搖滾樂手（阿嘉）、霸道的當地民意代表（洪國榮＝馬如龍飾演）、愛彈月琴的老郵差（茂伯＝林宗仁飾演）、原住民老警察（歐拉朗＝丹耐夫正若飾演）、喝醉了酒就拿出婚禮相片顯擺「我的魯凱族公主」太太的歐拉朗兒子（勞馬＝民雄飾演）、推銷原住民傳統小米酒的客家青年（馬拉桑＝馬念先飾演）、暗戀老闆娘的醜八怪修車工人（水蛙＝應蔚民飾演）、從日本失意回來當飯店清潔工的單身母親（明珠＝林曉培飾演）、在教堂唱詩班彈鋼琴的明珠女兒（大大＝麥子飾演）等等。個個都是小人物，卻都是當代台灣社會很眞實的寫照。可見，經過了殖民、後殖民時期的文化掠奪和強制，如今在台灣，各族群和諧共處的多語言、多文化社會已經在健全地運作了。

模特兒出身的日本公關友子，在台北學會了一口夠流利的國語（只差捲舌音），但是一被派到最南部來負責組織當地樂隊，就由於不會講台語，跟周圍人的溝通始終有所隔閡。然而，總是在她最不期待的時候，出現個別會講日語的台灣人。比如說，茂伯彈著月琴最愛哼日文歌詞的〈野玫瑰〉。當友子對樂隊的表現感到不滿意而要辭職離走之際，茂伯講起六十多年前學過的半生不熟日語，邀請她參加弟孫的喜宴，爲她和阿嘉的關係深化提供關鍵性機會。還有，度假飯店清潔工明珠。友子猜想她曾被日本男人傷害過感情，因而對整體日本人沒有好感。她對友子用日語講的一句話竟然是：「日本人哪懂愛情？」不過，就是那句話教友子承認對阿嘉的感情。

至於在預告片裡那麼突出的古老愛情故事，出乎我的預料，電影好像故意描繪得跟夢想、寓言一般模糊。首先「海角七番地」這個地址，其實只有「七番地」三個字是日文，至於「海角」則百分之百是中文了。天涯海角的涵義，對懂中文的人來說再清楚不過。大家都想像到無邊無際的大海遠處，彩虹彼端達海面，或許那兒有此岸和彼岸相鄰接的地方，於是對片名特別容易認同（所以，看完了電影，很多台灣粉絲眞把信件寄到「海角七番地」來爲難現實中的當地郵差）。但是，對日本人而言，「海角」兩個字倒不會引起任何想像，因爲日文裡沒有「海角」這個詞兒，連用日語該怎麼唸都沒人搞得清楚。還有裝著七封老情書的那包裹，一看就不是眞正從日本寄來的，包裝方式跟日本不同，郵票也不像是日本的。我不是要挑毛病，反而認爲：敢負三千萬台幣借債，請來了日本演員、名歌手的魏德聖導演，若要用眞正從日本寄到台灣來的包裹，應該不難吧？那麼，他爲甚麼故意製造虛幻包裹寄到虛幻地址來呢？老郵差茂伯從最初就主張：「這個得退回去」。後來他看著收信人的姓名歪頭自問道：「如果還活著，她沒有比我大幾歲的，我爲甚麼不記得有此人呢？」似乎給我們的疑問提供線索。

我越看越覺得「海角七號」根本不是台日苦戀故事，也不是台灣某評論員所說那樣表現出「被殖民欲望」的作品。日本早已從台灣的現實中退場了，現在要了結的是有關苦戀的傳說，或者說歷史的亡靈。還藏在衣櫃裡的時候，老信件也許仍保留著舊情，可是一旦拿出來在南台灣的豔陽下看，馬上變成一堆廢紙都說不定。就像在日本老童話《浦島太郎》裡，主人翁一打開海底龍宮的乙姬奉送的寶盒，冒出來的白煙頓時使他變成白頭老人一樣。「海角七號」這部影片猶如乙姬的禮物，其實不是情書，而是告別信，也並不發自日本，而發自台灣的。電影接近末尾，老信件裡的一句話又觸動了我：「在眾人熟睡的甲板上，我反覆低喃，我不是拋棄你，我是捨不得你。」

許多的「終於」

後來看台灣部落格上的評論，我發現了許許多多「終於」，比如說：「終於看到了跟好萊塢片一樣好看的台灣電影」；「終於有了台灣導演比國際電影節審判團還重視本地觀眾」；「終於出現了一部電影眞正反映台灣現實」等等。那麼多台灣人衷心支持「海角七號」讓我深受感動（於是又流淚）。曾經聽說過，國際電影節上得獎的台灣作品，在當地卻沒有人要看。例如，楊德昌的最後一部作品「一一」在海外獲得了那麼高的評價，可是在台灣連公開發行都沒有。當時我還以爲，那是藝術性作品在世界每個地方都會遇到的問題。這回才明白，原因其實更爲複雜，但是好像都已過去。早逝的楊德昌培養出魏德聖來了。當斯皮瓦克提問《屬下能說話嗎？》之際，她的答案是否定的，因爲不能說話就是被壓迫族群的特徵。現在，台灣人有了百分之百屬於自己的導演，終於能夠說話了，而且說得那麼動人。

歌聲與彩虹

當第二次看「海角七號」的時候，我已經相當冷靜了，甚至心裡稍微害怕：自己對它一時那麼火熱的感情是否已經退燒了？結果是杞人憂天。冷靜地鑑賞「海角七號」，我的評價竟比第一次還要高了。主要是恆春樂隊成員的人物塑造，個個都非常精彩。一個又一個鄉下小人物，導演描繪得都特別仔細，特別可愛。把他們的弱點、黑暗面特寫大寫，還表現出善良的本質來，除了說是魏導深愛同胞的緣故，還會有甚麼解釋呢？尤其是主角阿嘉，客觀看來是個十足的流氓：常怠工，該送的信都不送，甚至拆開信封要偷看內容；爲了發洩，他推倒摩托車使無辜的原住民老警察受傷；他也有幾次向人群甩電吉他，搞不好後果會滿嚴重的。儘管如此，到了最後，觀眾中沒有一個人會不喜歡阿嘉。

阿嘉之討觀眾喜歡，好像有兩個原因。首先他充滿著男子氣，在愛情方面不膽怯，一點也不像六十年前在遣返船甲板上躲起來那個儒弱的男教師。另一個原因則是他替大家唱出了自己的歌。我一個台灣朋友，年紀跟阿嘉差不多，看了「海角七號」後說，他感觸最深的是電影提出的一道命題，即：「爲甚麼名歌手非得從日本來不可？爲甚麼我們自己不可能有個樂隊？」這使我想起了多年以前見過的老詩人跟我說過的一句話：「你懂嗎？我們是沒有歌能大家齊聲唱的。」當時我沒有眞正明白，只是後來看台灣新電影作品時候注意到了歌之不在造成的寂靜。看了「海角七號」，我才眞正懂了：不能說話的族群，自然也沒有歌能大家合唱的。

影片中，在恆春當地組織樂隊，爲的是給來台演出的日本歌手中孝介（本人飾演）暖場。當地本來沒有樂隊，準備從台北請來的。但是，霸道的地方政客（洪國榮＝阿嘉的繼父）主張非用在地人才不可，因而公開徵募樂手，找來了月琴國寶茂伯、教堂的兒童鍵盤手大大、吹口琴演奏原住民歌曲的勞馬，以及失敗的搖滾樂手阿嘉等等七零八落的成員。七零八落，因爲他們雖然都搞音樂，但是屬於不同的流派，連使用語言都不一樣，合奏合唱談何容易。乍看之下，他們之中沒有一個是英雄、明星的材料。阿嘉自己就跟友子說過：「不要期待我們。」所以，當他們最後上舞台，合力演奏起剛剛排練好的兩首歌曲時，不僅是擠滿台下的聽眾、在舞台側面等待的日本歌手，連電影觀眾，都要刮目相看了。

阿嘉從失敗者翻身爲英雄，七零八落的樂隊成爲當地明星，都不是偶然的，反而有關鍵性的轉機。也就是，演唱會快要開始的時候，友子教阿嘉去明珠阿嬤（即六十年前的小島友子）家送包裹去了。因爲離開幕時間很近，阿嘉問了友子：「那麼急嗎？」但是，她很堅持，說：

後，他趕回面對南海的墾丁沙灘，緊緊地抱住日本友子說：「留下來，或者我跟你走。」這時，台日之間的主客關係徹底交替。勇士阿嘉跑上舞台，率領大家共同目睹象徵日本的太陽沒入台灣海峽。接著，恆春當地的多族群老小樂隊開始演出他原創的兩首歌曲，實在好看、好聽極了。活潑的搖滾歌曲〈無樂不作〉挺不錯，抒情的〈海角七號〉則更棒了：「當陽光再次回到那飄著雨的國境之南，你會不會把你曾帶走的愛，在告別前用微笑全歸還？」顯而易見，陽光已經回到了國境之南，愛也全歸還了，並不由懦弱的殖民者，而由勇敢的台灣的年輕一代。（我還能不哭嗎？）

一級棒的是當演奏第二首歌曲之際，樂隊全部成員都站到麥克風前邊來，不僅伴奏而且齊聲合唱了〈海角七號〉。這等於用行爲證明了他們不再是甚麼「屬下」，而是台灣社會堂堂正正的主人翁了。在舞台上，每人都穿著原住民「千年傳統，全新包裝」的小米酒馬拉桑T恤，脖子上則掛著原住民首飾。這場面似乎在告訴我們：原住民傳統文化是凝聚台灣各族群團結的核心。記得前一天做排練的時候，阿嘉一個人爲了修改歌詞而沒在練習場。就在那個時候，友子給其他人贈送首飾的。平素身戴媽祖護身符的茂伯擔心起來說：「會不會吵架？」勞馬馬上勸他道：「一家人嘛，怎麼會吵架？」象徵著漢人和原住民之間的和解。

唱完了兩首歌，當聽眾拍手叫好要求重演之際，他們開始演奏〈野玫瑰〉。這個場面的涵義也特別深奧。曲子是茂伯帶頭彈起的。他是在「海角七號」的登場人物中唯一經歷過日本統治的人，始終最愛用日語唱這首歌：「男孩看見野玫瑰，荒地上的玫瑰。清早盛開眞鮮美，急忙跑去近前看。越看越覺歡心，玫瑰，玫瑰，紅玫瑰，荒地上的玫瑰。」是否小時候學會的歌到了晚年都很難忘記？還是旋律歌詞之美永遠感動他？我們不得而知。但是，過去六十多年在後殖民階段的台灣，他用日文唱這首歌，肯定被別人冷嘲熱諷過很多次了。其實，在影片裡，之前幾次出現過他獨自彈著月琴唱這首歌的場面，每次給人留下的印象也不外是：陳舊、跟時代脫節。現在，已翻身爲英雄，精彩地唱出了自己的歌曲以後，阿嘉要做的第一件事情，便是給茂伯，即台灣本土的老一輩，唱他們多年來一直忘不了，卻沒有被社會接受的歌了。當茂伯拿著月琴開始彈前奏之際，原住民警察勞馬就從台下的父親歐拉朗（他曾在喜宴上寂寞地自言過：「我想唱歌。」）手裡接過口琴給茂伯提供伴奏，跟著馬拉桑、大大、水蛙也加進去。這順序似乎頗重要，乃從台灣社會的邊緣往主流的。最後茂伯用表情催促阿嘉唱歌，最初顯得稍微無奈的他，很快就勇敢地承擔起歷史給他的使命來。

日語歌詞的〈野玫瑰〉，無疑是殖民地統治遺留下來的。但是，這首歌本身並不屬於日本；它是舒伯特作曲，歌德作詞的德國歌曲，也可以說是世界名曲。舞台上的阿嘉，隨著茂伯的月琴伴奏唱中文版本的〈野玫瑰〉（這時候，茂伯緊閉著嘴巴）。聽到他們演奏的旋律，中孝介也上舞台來，開始用日語陪唱。他在影片裡的角色跟現實中一樣是「日本著名歌手」。這人選也相當耐人尋味的，因爲中孝介出身於日本南部的奄美大島，沖繩縣琉球大學畢業以後，至今生活在故鄉島嶼。他念高中、大學時期，唱奄美民謠得過幾次獎；那特殊的發聲就是當地傳統的歌唱法。二〇〇六年發行的第一張單曲CD〈各自遠颺〉雖然是日語作品，但是華人地區的反應更加強烈，於是同年十一月問世的第一張專輯「觸動心弦」在中國、香港、台灣三地同一天領先發行，在日本則到了第二年七月才發行了他第一張專輯（日文版〈花間道〉）的。對日本人來說，中孝介明確地代表南方，甚至國境之南，但是在台灣電影裡卻代表北方日本。正如，他扮演的男教師在一封信裡寫道：「你是南方豔陽下成長的學生，我是從飄雪的北方渡海越洋來的教師。」

受傷的情感必須劃上句號

中日雙語的〈野玫瑰〉重複地只唱第一段而已，也沒甚麼不自然，很多人只曉得天眞無邪的第一段。不過，歌德寫的歌詞到了第二段，卻要變得特別淒慘的：那男孩要折斷野玫瑰，花兒則說：「那我就刺你啦，爲了不讓你忘記我，也不讓我被傷害。」雖然在台灣部落格上，很多人猜測日語合唱團唱到了第二段，但是實際上阿嘉唱的中文歌詞和中孝介唱的日語歌詞都永遠留在無罪的第一段。恐怕只有茂伯（和魏導）才清楚地意識到，他們沒唱的部分才反映出老一輩台灣人心中眞正的滋味。沒唱出，我理解是台灣人的含蓄所致。

跟著在畫面上再次出現一九四五年的基隆碼頭，以及那女孩六十多年後坐在一個破落院子裡發現包裹時候的背影。旁白是男教師的女兒寫的信件：「友子樣，父親已經今年初永眠了，我在他房間的衣櫃裡發現了這些信件，很抱歉讓你等了這麼久。」果然那懦弱的男人到死爲止都沒有勇氣面對自己曾傷害過的純眞少女。由他女兒（日本的年輕一代）寄出去的信件，經台灣年輕一代傳遞，才到了收信人手裡的。銀幕上，我們看不見已上了年紀的她讀了老書信以後的表情，更聽不到她的聲音，恰如六十多年前在基隆碼頭上，她只能拚命地用眼神表達心情，卻始終無法開口說話一樣（「屬下」能說話嗎？）。她被日本男教師拋棄，一個人提著笨重的皮箱，從台灣北端的基隆回到南端的恆春家鄉來，一定遭到了周圍人的譴責和輕蔑。後來長達六十多年的時光，她怎樣過來的，電影並未講述。唯一的線索是臭罵公關友子的明珠，即被日本男人傷害過的單身母親，就是老友子的外孫女。這兒好像在暗示受害在家族中的遺傳，從另一角度來說，因而必要打上句號。

「海角七號」的最後一個場面，跟開頭一樣是一九四五年十二月二十五日，拉著「光復台灣」橫幕，由國民黨士兵警衛的基隆碼頭。送行的人群裡有穿著白帽子、白裙子、白襪子、白鞋子的台灣女學生小島友子。她在皺著眉頭拚命尋找情人，然而他卻用呢帽子蒙面，在甲板上躲藏起來不肯出來。天氣多雲，象徵著友子的心情和未來。這時在背景聽到的鋼琴曲，旋律特別黯淡、充滿著悲情，跟才幾分鐘以前彩虹樂隊演奏時候的歡樂氣氛完全相反。剛看完整部電影，觀衆心中的滋味爲苦澀、寂寞、難過。然而，又沒幾秒鐘，銀幕上出現人員表的時候，不僅音樂馬上換成歡樂的女歌聲（梁文音開口唱的「那兒風光明媚」），而且在畫面一角還看得見被陽光照亮的南台灣風景，美麗極了。所以，當觀眾站起來離開劇院之際，他們最後的印象還是正面的：雖然有過痛苦的歷史，而且許多創傷無論如何都永遠無法治好，但是現在的台灣是這麼可愛的地方。我又一次深受感動而流淚。（第七次了吧？）

看來，笑中帶淚的「海角七號」在台灣所起的勵志作用特別大。我注意到二〇〇八年十月底有份台灣周刊的專題是「生活在台灣驕傲十理由」，總編輯寫的序言題爲「彩虹」，一篇專欄文章題爲「台灣，眞好」。那還是在全球股市大動亂的日子裡呢。對我這個日本人來說，「海角七號」帶來的衝擊也特別大，看一部電影哭這麼多次，經驗如此徹底的感情淨化，畢竟都是平生第一次。（二〇〇八年十一月三日）

〔後記〕完成了這篇文章以後，我或者跟家人一起，或者自己一個人，或者和一群學生一起在大學課堂上等等不同場合，總共又看了五、六次「海角七號」，而每一次，我都一樣受感動，再一次流下眼淚的。所以，文章開頭的一句話，完全可以改為「至少十二次」了。現在為了收錄於單行本，進行潤色，我也一直感覺喉嚨有點緊，自己隨時有可能嗚咽起來的。「海角七號」教我哭的原因是多層的，而我對它的愛，直到今天一點也沒有退燒。

（二〇一〇年七月二十三日）

第壹部

【南北紀行——台南篇】

北回歸線以南
島上唯一屬於熱帶的地方，
隔著巴士海峽面對菲律賓，
有南海的波浪、有清末的古鎮、有南島的原住民、閩南人、客家人……

另一個台灣

看了電影「海角七號」以後，我恨不得去南台灣了。故事的背景是位於台灣最南部的恆春半島，乃寶島上唯一屬於熱帶的地方，隔著巴士海峽面對菲律賓。聽說，那兒有南海波浪滾來滾去的墾丁海岸，清末蓋的城牆圍繞的恆春古鎮，居民中有南島語系的原住民、比鄭成功還早移民過去的閩南人、客家人。「海角七號」表現出來的南洋多民族社會，跟我之前認識的台灣很不一樣。

我是一九八四年夏天第一次去台灣的。那是蔣經國仍在世的年代，人類歷史上最長的戒嚴令還沒有解除，公共汽車上貼的標語鼓勵人們告發「共匪」。

台北給我的第一印象是挺奇怪的。怎麼這座城市到處林立著性病科和婦女科醫院的招牌？早晨在我住的飯店，咖啡廳的客人全是一對又一對的男女。男的是日本人，女的是台灣人，年紀相差大得不尋常。因爲雙方語言不通，大家默默地吃著油膩的西餐早點。那就是臭名昭著的日本買春觀光團，我之前在媒體報導中看到過，黃春明的小說《莎喲娜啦・再見》也讀過，但是親眼看見時感到的震撼，後來很多年都無法忘記。一九八〇年代的台北，在我印象中是沉默的。

一趟遙遠的旅程

一九九〇年代，我也去了幾次台灣。解嚴後的台灣社會，特別流行「顚覆」一詞。台北有了許多家電台、電視台、有線的、無線的、地上的、地下的，全都在搞「叩應」（call in）節目。被迫沉默了多年的群眾，一開始講話就不可收拾，男女老小都侃侃而談，吵吵鬧鬧，喋喋不休。

當時有個台灣中部出身的朋友，引用著羅大佑「鹿港小鎭」的歌詞跟我說：「台北不是我的家。」她還帶我去彰化老家過年。世世代代住在閩南式三合院的台灣人，除夕夜在院子裡擺出祭壇拜天，他們告訴我是爲老天爺過生日。朋友是很孝順的女兒，一回老家就挽起袖子來做過年吃的蘿蔔糕，大年初二騎機車到姥姥家送紅包去，我都坐在後座一塊兒去了。她也不讓我在長輩面前喝酒抽菸。我們背著老人家在碓房裡偷偷地抽菸，把乾巴巴的統一泡麵當零食吃，看侯孝賢的「戀戀風塵」看得滿有感覺。朋友是台大畢業的，她弟弟則留在父母身邊養豬，姐弟關係融洽，兩個人開車帶我去了霧社。那天我學會在台灣霧是「飄」的，而不是像我在大陸學的那樣「下」的；我覺得台灣中文眞優美。不久她辭掉台北雜誌社的工作，回老家跟老同學結婚了。

瘋瘋癲癲的台北和傳統正派的中部，那鮮明的對比在我腦海裡印象猶新。

二〇〇〇年後，我每隔幾年去一次台北，辦完了事情就到東部宜蘭縣度假。蘭陽平原不僅大自然很美麗，而且對景觀的保護和美化做得特別出色，應是出於當地人對鄉土之愛。台灣社會的迅速變化，在相對偏僻的宜蘭縣都清楚地看得見。以往作爲《莎喲娜啦・再見》背景的紅燈區礁溪溫泉，到了二〇〇一年早已改頭換面爲台灣親子周休二日來旅行的地方了。

然而，到了二〇〇五年，少子化對旅遊業的影響夠明顯，新開的飯店都爲單身女貴族提供峇里島式SPA按摩。解嚴以後出社會的台灣女性，大約是一九七〇年以後出生的世代吧，獨立意識很強，普遍重視事業，跟從前那孝順的女兒一代截然不同了。同時，在侯孝賢電影裡曾動不動就打架的台灣男生，也不知甚麼時候開始，都變得很斯文，甚至娘娘

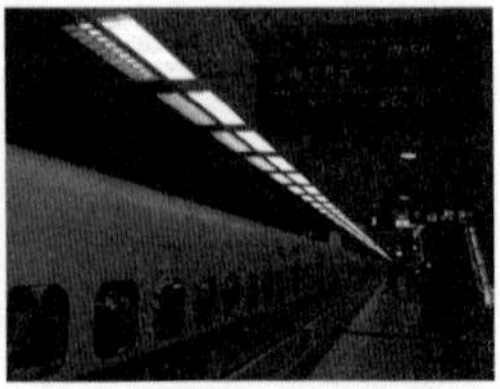

1. 高鐵
2. 度小月

腔。

這麼多年去過不少次台灣，卻從來沒踏足南部，只能怪自己的後知後覺。以前老覺得南部遙遠；從台北坐火車去高雄要四個小時。二〇〇七年高鐵開通之後，變近了，才一個半小時就到。再也沒有理由不去了，何況看了「海角七號」以後。

八八水災

電影「海角七號」的登場人物中，給我留下了最深刻印象的是原住民的警察父子：歐拉朗和勞馬。兒子勞馬一喝醉酒就拿出自己跟已離去的妻子結婚時候拍的照片說：「她是我的魯凱公主，漂亮吧。」我看台灣媒體的報導得知：那是飾演勞馬的原住民歌手兼演員民雄在現實生活中結婚時候的紀念照。我也上網檢索資料發現：台灣最南部的屏東縣山區霧台鄉是魯凱族的居住地，每年八月中旬舉行傳統的豐年節，平時住外地的族人都回來，穿上美麗的民族服裝，參加傳統的文化活動如跳舞、盪鞦韆等。既然要去「海角七號」的南台灣，應該趁機會去看看魯凱公主啦。

往霧台鄉去，從高雄經屏東市要坐兩個多小時的車，聽說還需要辦入山證。我事先給當地警察局打電話詢問所需手續。接電話的人一聽我是從東京打越洋電話過去的，就高興得不得了，自我介紹說是排灣族人。「你先訂山上的民宿，然後搭計程車過來，到了關卡就說你訂了哪家民宿就行。不過，你到了台灣以後要再打電話來確認路況喲。我們這邊一颱颱風就不能通車的。」

本來我訂的是二〇〇九年八月十一日從東京飛往台灣的機票。未料，八月六日、七日開始在台灣中南部下的雨，越下越大。我給台北的朋友們寫電郵問問情況。大家都說：「過兩天，你來台灣的時候應該已經沒問題了。」所謂「八八水災」，八月八日當天還不是全台灣都注意到的。我在東京家中一直凝視著電腦畫面，看來南部的情況非常嚴重。八月十日我知悉：旅程表上的第一站台南市全面斷水，第二站高雄市街上有被風颳倒的樹一千株，通往霧台的路已經坍方，到恆春半島的橋梁給沖走了好幾座。霧台民宿都發來了電郵，寫著：「所有對外道路、橋梁都中斷了，請暫時不要往霧台來。」看樣子，我只好取消旅行計劃了。莫拉克颱風的勢力確實比誰的想像都大。可我還是覺得：台灣北部和南部之間，認知上的距離比實際距離還要遠。

按照原來的計劃，我要先從東京飛往台北，當天就坐高鐵到台南，然後南下到高雄，跟著去霧台山區看豐年節，接下來去恆春半島參觀「海角七號」的攝影景點，之後搭南迴線鐵路往台東，從那兒飛回台北去的，乃爲期整整兩週的旅程。可是「八八水災」對霧台鄉造成的損害特別大，不僅這一年的豐年節給取消了，而且太多村民失去了住房，大多部落非得全體遷村不可了。往台東的南迴線也需要幾個月的維修工程才能全面通車。南台灣眞遠！雖然高鐵拉近了台北和高雄的距離，但是山區以及最南部的基本建設似乎比台北差很多，使得這地方一颳颱風必定出現大災難。

二〇〇九年十二月底，我重新安排了一趟南台灣之行，這次要在台灣最南端看著南海迎接新的一年了。寒假比暑假短，旅程要減縮爲十天；坐南迴線往台東的部分得取消，另外也不能去霧台鄉看魯凱族的豐年節了。唯一的優勢是南台灣冬天氣候宜人，空氣乾燥，很少下雨，氣溫經常高過二十度。

接近台南

台北機場曾經叫做中正機場，英文名稱是Chiang Kaishek Airport，二〇〇六年已改名爲桃園機場了。我們一家四個人，過海關出來搭上計程車，不到十分鐘就到了乾淨發光的高鐵桃園站。赴櫃檯拿出信用卡就買到對號座車票。先在大廳裡的7-ELEVEN便利店採購台灣啤酒、「午後紅茶」、白葡萄汁和台灣風味滷蛋，然後坐電梯下去，列車馬上開進來了。一切程序非常方便順利。從飛機降落到乘坐高鐵，需要的時間總共才一個鐘頭而已。往台南的路程也只需八十分鐘。這回我覺得南台灣還是滿近的了。

台灣高鐵引進的是日本新幹線的技術和經驗。連車廂內的設計，甚至女服務員推著小車賣東西的神態都挺像的。唯一不同的是，台灣高鐵只有在下午四點半和七點半之間啓程的列車上，方出售剛做好熱呼呼的各種便當，其他時候則不販售，顯然是爲免教乘客吃冷飯。反之，日本新幹線是任何時候都賣盒飯、三明治的，因爲日本文化對冷飯沒有忌諱。

我想起來了，多年前看過台南出身的直木獎得主邱永漢用日語寫的飲食散文。他寫道：在漢族文化裡，冷飯是給囚犯吃的東西，跟常人不沾邊。他的文筆很諷刺，日本人在飲食方面簡直是賤民似的。但也情有可原。邱永漢在日本殖民地時代長大，雖然生母是日本人，但作爲父親的長子，出生時就登記爲台灣人，結果跟日本籍的弟妹在社會上受的待遇處處不同，難免怨恨日本人。

我們來自日本，對台灣高鐵提供飯菜的方針事前缺乏訊息。沒想到上車的時間稍微遲了，就沒飯吃。晚上八點鐘，一家在高鐵列車上挨著餓，也特別想念曾在東部幹線上吃過的池上便當。幸虧，剛才在桃園站買了塑料袋裝的台灣風味滷蛋，放在嘴裡勉強充飢吧。至於其他乘客，恐怕早已吃過飯的，沒人在吃東西，大家安安靜靜地往窗戶外看著。

我發覺，大陸人說話和台灣人說話，聲音大小和語氣都不一樣。好比從紐約飛往倫敦，兩邊的英語和規矩都不同似的。我上一次講大量中文是在上海，用那調子講話會嚇壞台灣人。非得拉下自己的嗓門來，說話要輕一點，軟一點。否則在台灣給人很粗魯的印象。

在高鐵台南站下車，外面有計程車等著，都是跳表的，不必提心吊膽，好文明。這裡氣候好暖，可脫下大衣了。坐半個鐘頭的車就到台鐵台南站後面的香格里拉遠東國際飯店。對面有國立成功大學，名字取自鄭成功。

肚子餓了，但是時間也不早。從飯店走出來，又去了一家7-ELEVEN。這個連鎖便利店在台灣島上眞是到處都有，不僅出售飲料食品，還設置取款機，也提供無線上網服務。就這樣，我們在台灣的第一頓飯吃了7-ELEVEN的關東煮、御飯糰和台灣風味杯麵。我想起來曾經一個人在歐美旅行的日子裡，每到陌生的城市都先找個M字招牌吃漢堡、薯條充飢。這一趟南台灣之旅，一有困難就要找個7字了。

台灣的新英格蘭

大家都說台南小吃一級棒，我都好期待嚐嚐聞名於世的台南擔仔麵、米糕、蝦捲、蚵捲、豆花。從過去的經驗，我也曉得，在擁有高度飲食文化的城市，無論吃甚麼都不會差的。比如說，在巴黎，連日本菜的味道都跟在英國吃的就是不一樣。所以在台南的觀光飯店吃到超高級的西式早餐，其實完全合乎邏輯的。你以爲觀光飯店的自助餐在哪裡吃都差不多嗎？大錯特錯。去台南香格里拉吧！眞是令人難以置信，在人口才一百萬的台灣南部小都會，竟會吃到種類齊全的歐洲各國起司、燻鮭魚配酸豆、檸檬、洋蔥片、半熟烤牛肉配辣蘿蔔泥、法國芥末。而且，在這兒從早吃世界美味的並不是國際商務人士，是全家老小一起來度週末的當地老百姓呢。台南眞了不起！

後來我在台北，向一位大學教授敘說了台南給我留下的深刻印象，人家果然說：「台南人是台灣的猶太人，非常有錢、有文化的。在台南，幾乎每個家庭都讓孩子學鋼琴、小提琴，跟波士頓一樣。」把台南人比作離散民族，把台南城比作新英格蘭，乍聽覺得有點奇怪。不過，慢慢想，倒不見得。台南是台灣最老的漢人城市。其實，「台灣」這地名本來指今日台南一帶。那是十七世紀初，遠自歐洲來東亞做生意的荷蘭人向美麗島原住民提問地名而得到的答覆。當荷蘭人在「台灣」建設城堡，開始從對岸的中國招募開拓移民之際，在西方，船隻五月花號正在從英國往今日美國東岸航行。也就是說，台南的歷史和新英格蘭的歷史，台灣的歷史和美國的歷史，是差不多同時起步的。

台南也是第二次鴉片戰爭以後，經天津條約開放的通商港口之一，至今在空氣中明顯飄著一股洋氣，跟古老中國的文化習俗混合而產生著獨特的魅力：在小巷裡的老廟宇，善男信女進香點蠟燭拜神；在大馬路邊的天主堂，教徒參加彌撒。台南的鄉土英雄是鄭成功，體現以海洋性和國際性為特徵的台南文化。就是他趕走了荷蘭人，在台南建設了孔廟，把中國文化正式引進來的，因而至今被當地漢人崇拜。他的銅像矗立在台南市門口，

1. 台南警察局
2. 台南火車站

火車站前圓環的綠地裡。鄭成功父親鄭芝龍為漢人，母親田川氏為日籍，他出生於日本長崎平戶，六歲到福建上學，長大後投入反清復明抗爭，把台南建設成漢人城市的。

老建築與台南歷史

在台南，日本殖民地時代的老建築保存、修復得非常出色。台南火車站（一九三六年竣工），台南警察局（一九三一年），台南消防局（一九三八年）等公共建築，樣樣都是當年歐美流行的現代主義大樓，至今已有近八十年歷史，仍舊維持原貌被使用。雖然台北都保留著總統府（原總督府）等不少老建築，但是台南的城市規模比較小，使老建築顯得更為集中、突出。

全台灣第一座漢人城市台南，清朝時期曾經有過城牆、城河的。但是，甲午戰爭派兵占領澎湖，後來跟清朝簽訂馬關條約正式獲得了台灣的日本人，拆掉了台南原有的都城，推行了近代式城市規劃，把台南建設成二十世紀初僅次於台北的全島第二大都會。結果，今日台南的主要馬路，簡直呈現近代建築展覽場的模樣。

台南火車站，從遠處看來像小朋友玩的積木，加上半圓形窗戶，給人印象童話一般可愛。一九三七年完成的東京上野火車站很像它。中國則有一九三五年建造的大連舊火車站也頗像它。其中台南火車站面積最小，也幾乎沒有改建擴建，至今保留著原貌。被亞熱帶豔陽照著，並由隨風飄動的椰樹陪伴，白色明亮的老火車站特別好看。

從鄭成功像所在的火車站前圓環綠地，往西南延伸的中山路，走了七百米就到下一個圓環綠地湯德章紀念公園，周緣鱗次櫛比重要的機關大樓，如原台南州廳舍（光復後改爲市政廳，現爲台灣文學館）、消防局、氣象觀測所等。台南警察局、原台南地方法院（一九一二年竣工）也就在附近。圓環和放射狀馬路令人聯想到中國東北的名城大連，乃是俄羅斯人模仿法國巴黎建造的城市。日本沒有類似的歐洲式都會。殖民統治者把夢中西方投射在新領土上的。從湯德章紀念公園往西延伸的中正路，即從前的台南銀座，當年就把電線都埋在地下了。

雖然台南建築之美是不能置疑的，但是在日本都很少見到的老建築，在原殖民地卻被指定爲古蹟而得以保護，還是教人感覺挺複雜的。一方面，改朝換代是歷史的常規。明朝倒了，清廷就搬進紫禁城來。清朝倒了，中華民國、人民共和國也把故宮當博物館保留下來。香港將來也一定會保留英國人蓋的原總督府（現禮賓府）吧。我在大陸東北都看到過，僞滿洲國時期的機關大樓被中國政府或共產黨組織接收以後照舊使用。另一方面，台灣歷史相當獨特。這裡發生的遠不是單純的改朝換代。

如果台灣光復來得順利，那些老建築早就給拆掉，被新建築代替了都說不定。然而，

1. 台南消防局
2. 「林百貨」

日本戰敗撤離台灣以後，中國內戰才開始打得如火如荼。渡海遷過來的國民黨以反攻大陸爲目標，視台灣爲一時退卻的基地而已。若非一九五〇年在朝鮮戰爭中，美國派第七艦隊到台灣海峽阻止共產黨解放台灣，國軍也不會在台灣長期據守下去的。然而，事實之奇勝過小說，由於冷戰國際情勢凍結了四十年，國軍一時的退卻竟延續了五十年。

退卻中的軍隊自然對當地的建設缺乏興趣，有甚麼就用甚麼，管他是哪裡的殖民統治者留下來的。加上抗戰記憶猶新的國民黨上下都對日本人沒有好感，一方面利用日本人的房屋，另一方面無意加以保護，甚至會故意糟蹋的。結果，台灣街頭出現了許多破房，看樣子像凶宅。

其實直到今天，台南中心區中正路和忠義路交叉處西南角，有棟破舊不堪的老大廈。那是一九三二年作爲台灣歷史上第二家百貨公司開張的「林百貨店」。當年台南沒有其他大廈比「林百貨店」還高，也沒有其他大廈具備著電梯。據說，爲了試坐市內唯一的電梯，曾經許多人慕名而來。但是日本戰敗以後，進駐台南的國軍部隊，在「林百貨」屋頂上設置了高射炮。後來部隊遷走，卻留下了無家可歸的老兵，一直占據老大樓直到二〇〇五年爲止。修復工程是二〇一〇年一月才開始的。

今天修復得堂皇壯麗的老建築，曾經一時也淪落爲很破舊的樣子。一九八七年，長達三十八年的戒嚴令終於解除，之後台灣本地人方才抬得起頭來，出於對鄉土之愛，進行了城市環境美化，其中一個環節便是修復老建築。

《台灣歷史圖說》一書，文中介紹這樣的插話：日語的「降服」和「光復」讀音一樣，都唸成「kofuku」。所以，被日本統治了半世紀之久的台灣人，一九四五年夏天聽到「kofuku」的消息，搞不清楚究竟是「降服」還是「光復」。歷史證明，他們對「kofuku」（也是「幸福」的日語讀音）感到的不安，後來被應驗了。接收台灣的國軍部隊沒有紀律，貪官污吏橫行霸道，導致治安惡化，物價猛漲，教人大爲失望。國民黨對台灣人也存有疑心，而且警戒共產分子滲入台灣，結果對付台灣人的手法跟對付敵人一樣殘酷。一九四七年二月二十八日，在台北偶然發生的暴動馬上波及全島，國民黨馬上從大陸叫援軍來施加武力鎮壓（二二八事件）。那血腥的事件，其實只不過是前奏曲。兩年以後，敗走的國民黨政權全體遷來台灣，並宣佈了戒嚴。從此，國民黨政權的槍口直對著台灣人的心口了。漫長的戒嚴時期，台灣的時間是凍結的、停止的。否則怎麼會有退役軍人占領市中心的百貨大樓六十年之久？那些老兵等待反攻大陸的一天，誰料到一等就是一輩子。

一九八七年解嚴以後，曾經凍結的時間慢慢融化，以往未能說出口的話一點一點被說出來了。例如，中山路圓環中間的綠地，日治時期叫做大正公園，光復後則稱爲民生綠園，一九九八年台南市政府把它更名爲湯德章紀念公園了。湯德章一九〇七年生於台南，父親是日本派來的警察，母親則是當地人；他幼年與父親死別，過繼於母氏；長大以後到

2

1. 湯德章紀念公園
2. 台南女中

東京讀法律而獲得律師執照；日本戰敗後就在故鄉台南從政了。二二八事件時，湯德章在台南維持治安，被打進來的國民黨軍隊以莫須有的叛亂罪逮捕了。他們把湯倒吊在民生綠園裡的一棵樹上刑求一夜，打斷所有肋骨後反綁雙腕，背後插立寫著姓名的木牌，在卡車上遊行台南市，然後回到原地當場槍斃了。後來法院審理，給湯德章判決了無罪。國軍部隊之所以特地在這兒殺害湯德章，估計此地曾經爲日本殖民當局在台南的權力核心之緣故。他們視湯爲敵人，因爲他有一半的日本血統，也因爲他是台灣人。被迫沉默了半世紀以後，終於上台執政的台南本地人，爲了紀念早年犧牲的同鄉精英，把民生綠園改名爲湯德章紀念公園。同時，爲美化環境，修復了周遭的公共建築。我萬萬沒想到，乾淨美麗的圓環綠地擁有如此悲慘痛苦的歷史。

修復殖民地時代的老建築，在台灣主要有爲本地歷史洗雪污名的意義，因爲國民黨政權曾混淆日本統治者和被統治的本地民眾，錯誤地懲罰了台灣人。儘管殖民統治是悲劇，但是責任絕不可能在於被統治的台灣人。翻翻歷史書看，這是再清楚不過的了：馬關條約簽署以後，他們還抵抗日本侵略，一度宣佈獨立於清朝，並建立了東亞第一個共和國「台灣民主國」（即電影「一八九五」的主題），卻經一百四十八天的戰鬥，被日軍鎮壓。

凡是關於這塊土地的文字——台灣文學館

在台灣居民中，南島語系原住民人口只占百分之二而已。占絕大多數的漢人則是十七世紀以後，從對岸中國遷移過來的。正如美國建設在印第安人的土地上，台灣也建設在原住民的土地上。這樣的過去對講述台灣歷史造成獨特的困難。何況，甲午戰爭以後將近一百年時間裡（殖民統治五十年加上白色恐怖四十年），台灣人書寫本土歷史的權利都被外來統治者爭奪了。結果在台灣，歷史還在書寫中，也在不停地改寫中。從台灣文學館的展覽，我們也看得出種種困難來。二〇〇三年開幕的文學館位於原台南州廳舍，華麗的風格猶如法國的羅浮宮，光復後曾當台南市政廳直到一九九七年。

根據台灣文學館下的定義，在台灣島上曾被記載的文字、被敘說的故事、被唱的歌等都構成台灣文學。換句話說，只要是台灣這塊土地上產生的，不管是誰寫的，都算是台灣文學。理論上，這並不難理解。但是，我還是沒有想到，在台灣文學史的第一頁出現的「作品」竟然是荷蘭文的公司文件。荷蘭人是十七世紀初在今日台南建設城堡（安平古堡、台南赤崁樓），透過東印度公司經營台灣四十年之久，直到被鄭成功打下爲止。

相比之下，原住民的搖籃曲則容易接受得多了。台灣原住民的語言屬於南島語系。這個語系在太平洋區域分布得特別廣泛：南至菲律賓、印尼，東至夏威夷、大溪地、紐西蘭，西至非洲海上馬達加斯加島。台灣位於分布圖的最北邊。原住民語言沒有固有文字，

1.台南文學館

所以文學館的展示都得靠音聲，把錄音好的歌曲透過耳機給參觀者聽的。一首又一首簡單溫柔的搖籃曲，令人想像大航海時代以前的台灣曾是甚麼樣的一個地方。台灣原住民各族的語言，雖然同樣屬於南島語系，但是彼此之間卻無法溝通，猶如漢語和藏語屬於同一語系卻互不相通一樣。既缺乏文字，又缺乏跨族共同語言，原住民的社會文化容易受異族統治者的操縱。例如，他們最初接觸的文字是荷蘭傳教士爲書寫聖經引進的羅馬字。又例如，直到今天，原住民老人之間一直通用日語，因爲他們一代人沒有其他共同語言。

在荷蘭公司文件和原住民歌唱之後，我們才看到漢語展示。隔著海峽，台灣距離中國大陸約有兩百公里，雖然不近，但也不遠，歷來有漁船、商船過來，也有人在海邊定居。然而，早期的台灣蔓延瘧疾等熱帶病，而且一些原住民部族有「出草」（割人頭當祭品）的習俗，一般人不肯輕易住下來。漢人開始大量移居台灣，乃荷蘭東印度公司跟原住民簽訂合同購買土地，在對岸中國募集了開拓民的時候。移居台灣的漢人，以閩南漳州人、泉州人、廣東客家人爲主，彼此語言不通，分隔居住，經常發生械鬥。

台灣文學館有一項展示，把同一篇漢語詩歌用各種方言朗誦，讓參觀者聽聽區別究竟多大。其中有一種方言叫做「Ho-lo語」。我很好奇，既然是漢語，爲甚麼不用漢字書寫呢？原來，「Ho-lo語」這名稱在台灣有幾種不同的書寫法，不容易達到共識的。最常見的是「福佬」，其他還有「河洛」「鶴佬」「學佬」等。「Ho-lo語」也就是「台語」，即台灣通用的「閩南話」。但是，在今日台灣，以上各名稱、書寫法，居然都有人認爲不恰當的。例如，寫成「福佬」，有人嫌「佬」字含有貶義。估計也有人希望迴避「福佬」，因爲「福」字明確地表示大陸福建省出身。又例如，「河洛」是過去的國民黨政權愛用的書寫法，以示台灣人的祖先是古代從河南洛陽南下到福建的純正炎黃子孫（聽起來如神話），因而有人嫌它的政治色彩。又例如，「台語」這稱呼雖然在社會上很流行，但是有人主張：既然台灣還有別的語言（如客家話、原住民語言），把其中之一叫做「台語」，使其代表台灣語言是不對的。又例如，雖然「Ho-lo語」無疑源自大陸的「閩南話」，但是自從十七世紀祖先渡海至今已有四百年，跟老鄉彼此經歷的歲月不同，語言上的區別也很大了，該建立新的名稱。至於看起來古怪的羅馬字、漢字混合的書寫法，我後來閱覽成功大學台灣文史資源中心的網頁而得知，其實是「台文」的標準書寫法。名不正言不順，名字的問題極其重要。「Ho-lo語」這個書寫法似乎顯示了當下台灣所處的困境。

在各種漢語方言之後，則是用日文寫的台灣文學了。殖民地時代的台灣，曾有日本人主宰的文學結社，以住在台灣的日本人爲主，來台旅遊的日本文人也偶爾參與，後期還包括了一些台灣籍作家。他們受日本教育，能說會寫日文，用日文創作台灣題材的小說，部分作品亦登在日本發行的文學雜誌。

在日文之後，我們又看到國民黨正式帶進來的中文。從大陸過來的國民黨政權，與講

「Ho-lo語」、客語的台灣本省人語言不通，至於與原住民更不在話下了，非得推廣「國語（普通話）」不可。爲了在台灣推廣國語，國民黨政權採用的方法跟殖民統治者好相似：禁止學童在學校裡講母語，也鼓勵同學們相互密告。如果被發現講了方言，就得在胸前掛牌子罰站的。也就是說，台灣學童講母語而被官方懲罰的情形，自從日本侵台到國民黨解除戒嚴令，整整持續了一世紀以上。

第二次世界大戰以後，在台灣出現的中文作品，首先是跟著國民黨遷來的外省作家寫的。白色恐怖時期，無論是外省作家還是台灣作家，都只能發表符合國民黨政策的文章。解嚴以後，方出現了以白色恐怖爲主題的小說，以及探討台灣近現代史的文藝作品，包括侯孝賢等人主導的台灣新電影。雖說用的同樣是中文，但是解嚴之前和之後的語境截然不同，所產生的作品也很不一樣了。我印象最深刻的是當場放映的一部紀錄片，受訪者是曾被日軍強迫當慰安婦的台灣老婦人。

台灣歷史雖然只有四百年，但是其內涵極爲濃密，特別複雜。台灣文學館的展示，乃透過文學作品來概括社會歷史的嘗試。恐怕不同人會有不同的感想。不過，策劃者的誠懇還是打動參觀者的心。一個解說牌說：台灣這個島嶼上的居民，長期以爲重要的文學作品都屬於外地，例如中國、日本。過去二十年來，才慢慢開始發覺；本地前輩們留下的種種文字等也是值得珍惜並繼承的文化財產。對外來遊客來說，台灣文學館是了解台灣歷史、文化非常重要的場地。展覽內容相當豐富，充滿個性，再說門票免費，亦可借用導覽耳機，而且還設有咖啡廳。

海洋性與世界性

來台南觀光的遊客，包括台灣人、外國人、大陸人，最多人去赤崁樓、安平古堡、延平郡王祠、孔廟等跟鄭成功有關的名勝古蹟。對老建築發生興趣的，也許只有日本人。最近日本出版了一些專書介紹在台灣被保留，得以修復的殖民統治時期建築物。其中有膚淺的旅遊書，也有較爲專業的建築學著作。不過，如何評價這些老建築的存在，並不是一件容易的事情。日本的大眾傳媒談起台灣，太容易陷入主觀主義的懷舊論調。至於知識界，則一九四五年以後，基本上不談台灣了。有帝國主義的過去，有冷戰的國際環境、有心裡的內疚、有意識形態上的分歧、有經濟上的利害、有不容易克服的歧視，種種因素使得討論台灣很棘手。不過，最關鍵的因素還是良知上、倫理上的怠慢；不敢正視，所以忽視。

到了台南反思歷史，我重新發覺，台灣是南海上的一個島嶼。台南的海洋性和世界性並不是外國人帶來的。古時候，島嶼和島嶼之間沒有境界，隨著海流，許多人渡來渡去的。在台灣、菲律賓、婆羅洲、印尼各島的原住民之間，不僅有語言學上的親近關係，顯然還有人類學上很密切的關係。十六世紀航行東海、南海的船隻，不僅有葡萄牙、西班

1

2

1. 安平古堡
2. 赤崁樓

牙、荷蘭、英國等歐洲人的，而且有中國人、日本人的。鄭成功的父親就是明末的海上商人鄭芝龍，在日本長崎居住的時候，跟日人田川氏成家。兒子鄭成功六歲時，到福建安平鄭家寓所讀書，十四歲成了學員，二十歲投入了反清復明抗爭。他掌握從印尼到菲律賓的海上交易權，舉兵到台灣驅逐荷蘭人也是爲了擴大交易權益，以便賺取反清軍事費。台灣也從來不是個無人島。在荷蘭人、鄭成功到來之前，早就有原住民跟周遭地區建立交易關係，比方說十六世紀日本武士穿的武裝，就是台灣原住民賣的鹿皮縫成的。十七世紀就有台灣原住民來日本江戶跟德川將軍見面談過貿易事務。

遊客蜂擁的赤崁樓、安平古堡，最初都是荷蘭人蓋的。但是，鄭成功打退了紅毛人以後，赤崁樓成了鄭氏政權統治台灣的承天府，安平古堡如今也展覽著鄭成功跟荷蘭人訂的和平條約。果然，在這兒沒有人要看荷蘭人的業績，大家對鄭成功一邊倒。誰不喜歡陸上打清軍，海上打荷蘭人的機敏英雄？清朝末年重建的赤崁樓位於台南中心區，乃純中國式樓宇，在現代主義建築充斥的台南倒少見，而且跟漢族英雄鄭成功的形象滿合適。

古堡所在地安平則離台南市區坐計程車大約二十分鐘，小房子占多的小鎮別具風格，有一股海濱度假區的氣氛。爬上堡壘往四圍，看見一塊又一塊白色如雪的鹽田，大海就在附近了。古堡下面有據說是全台灣最古老的一條商店街：延平街。說「台灣最古老」應該是追溯到荷蘭統治時期的意思。「延平」倒是明朝給鄭成功管轄的地名了。其實，「安平」就是鄭成功在福建的家鄉。狹窄的小路兩邊密密麻麻蓋滿了小商店、小館子，行人以台灣年輕情侶爲主，商品則以中國大陸製造爲主。我們邊逛街邊嚐嚐現炸熱騰騰的蚵捲，胡椒香味特別刺激。

恰好是晚飯時間，到聞名遐邇的周氏蝦捲坐一坐。把蝦肉和豬肉混在一起，用豬網油包起來，沾粉漿油炸的周氏蝦捲，味道很鮮美，跟淡薄的日本天婦羅很不一樣。這家店是自助式快餐廳，不賣啤酒並不奇怪。但是，看看附近，也似乎沒有店鋪提供酒水，街上亦見不著喝酒的人。這跟我們早年在台灣的經驗很不同。當年台灣簡直每一個成年人都愛喝酒的。如今台南市區給人的印象額外乾淨，看不到嚼檳榔吐出的口水污染地面的紅點。從周氏蝦捲出來走路到台南運河，水邊散步道修得特別秀氣，圓形的白熾燈光夜裡看來猶如螢火蟲飛揚，美如幻想。這也是美化景觀的一環節吧。台南眞了不起。

第二天早上去了孔廟一帶。這兒保留著近代以前老台南的氣氛，給人印象好「文哉」。充滿著人文氣息的老街區，好比京都、波士頓，我眞想搬來台南住一段時間了。孔廟很多地方都有，但是台南這一座明顯高人一等。很容易看得出來，台南的儒家文化很正宗而且富有生命力，「全台首學」四個字是有根有據的。

跟著走到延平郡王祠去參觀。念念不忘鄭成功的台南人，爲他建立的開山廟，後來竟

1

2

1. 台南孔廟
2. 延平郡王寺

得到死敵清廷的承認，修成延平郡王祠了。後來日本殖民當局改造為開山神社，把鄭成功當成日本神道的崇拜對象了。在日本，鄭成功是十八世紀的劇作家近松門左衛門寫的劇本，一直演到今天的著名歌舞伎劇目「國性（姓）爺合戰」的主人翁，名氣還不小。因為日本是島國，而且曾施行過長達兩百多年的海禁，大家憧憬疾走大海的英雄，何況他充滿著異國情調。台灣光復後，延平郡王祠又復原為中國式廟宇。如今很多環島旅遊團都坐大巴士到這裡來一遊，熱鬧非凡。王祠後邊有鄭成功的日本籍母親田川氏的廟；這位武士之女，當鄭芝龍投奔清軍之後，自己跳樓喪命，對明朝盡了忠誠。

從延平郡王祠後門走出去，看見附近還保留著一點清朝時期的城牆。沿著城牆走，馬上經過台南女中了。一看校門就得知是一所名門中學，紅磚頭蓋的老校舍特別瀟灑，門外貼著應屆畢業生的名單和被錄取的大學名稱：台灣大學、成功大學等，比比皆是一流高校。這裡眞不愧為有歷史的文教地區了。

等一下我們就得去下一站高雄了。可惜，台南小吃實在太多了，住宿兩夜沒有吃到多少。再發號的肉粽吃過了，還一定要吃擔仔麵。名氣最大的度小月離廢墟般的林百貨店很近。出乎意料之外，這家聞名於世的館子門面很小，一點都不顯眼，看起來眞是普普通通的小麵館。走進去坐下，嚐一嚐看起來普普通通的一碗麵。結果呢，眞是名不虛傳，非常好吃。從麵條、麵湯、肉鬆到擱在上面的一點點香菜和生蒜頭泥，每個要素都簡直完美。其他小菜如滷蛋、豬腳，一樣一樣都做得特有水準，令人佩服至極。

接著匆匆去安平豆花的台南分店。這天下著毛毛雨，天氣冷颼颼的，找個帳篷下的位子坐了下來吃熱呼呼的豆花，口感滑潤眞感幸福。中山路兩邊，有吸引力的甜品店相當多。這次沒吃到別處吃不到的台南風味鱔魚麵和牛肉湯，心裡對自己說：後會有期。

最後回飯店取行李之前，在湯德章紀念公園周緣一處，看見有一家小商店現場手工製造帆布書包賣。設計既正派又摩登，挺有文化感覺，而且是帆布做的應該很耐用吧。我選個可愛的柿子色包包要付錢，這時候，看店的八十多歲模樣老太太，用完全流利而且特別優雅的日語說了一句：「歡迎再次光臨」。那是幾十年以前的台南女中學生講的日語，猶如冰河融化成淨水一般，聽起來再純正不過的。

【南北紀行──高雄篇】

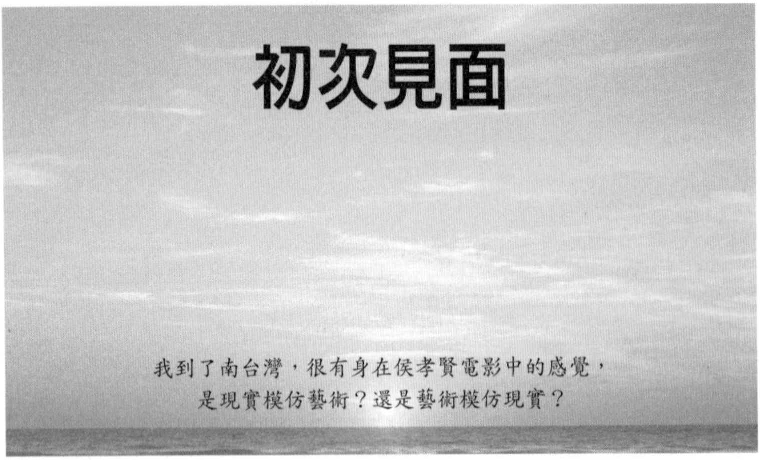

初次見面

我到了南台灣，很有身在侯孝賢電影中的感覺，
是現實模仿藝術？還是藝術模仿現實？

不，這裡是台灣的札幌

沒想到，高雄離台南這麼近，坐慢車不用一個鐘頭的。基本上，一離開台南市區就進入高雄郊區了。好比是東京和橫濱之間，或者是京都和大阪之間的距離。台南和高雄，雖然相隔很近，而且均作爲南方港口城市共有開放的氣氛，可兩座城市的面貌很不一樣：台南是精緻的古老小城，高雄則是大方的現代都會。日本人常說高雄是台灣的大阪，但是我感受的印象更爽快，很似札幌。

舊高雄火車站在新車站旁邊保留下來，現在叫做高雄願景館，可見台灣人對老車站尊重、敬愛的程度。把舊車站移過去的工程，日本傳媒都曾有報導。

看來，在台灣，鐵路具有的象徵意義特別大。台灣文學館就有一個解說牌說：從傳統社會到現代社會的轉變，在台灣能夠以水牛和鐵路做比喻。許多民謠都唱到水牛，因爲曾在農業社會的耕田勞動中，水牛和人是最親近的夥伴，當時水牛也是農民最重要的財產。十九世紀末開始建設的鐵路，一方面帶來了新式文明，另一方面卻拉開了故鄉和城市的距離。台灣新電影裡也經常出現鐵路軌道。侯孝賢的「戀戀風塵」開頭，火車從山區把年輕人運到台北來的場面，既漂亮又充滿哀愁，可以說是世界電影史上最美麗的鏡頭之一。

從高雄火車站乘坐計程車前往我們要住宿的華王大飯店，路上看到了貫穿市內的愛河。聽說曾經一度因工業污染骯髒不堪的愛河，二〇〇〇年代進行了水質淨化，岸上也修建了浪漫的河濱公園，兩邊還有高雄歷史博物館、電影圖書館等文化設施。結果，今天的愛河是白天、晚上都合適於散步的人文地區了。高雄人了不起；在台灣，景觀美化和鄉土的尊嚴是分不開的。

華王大飯店位於愛河西邊的鹽埕埔，算是高雄的老市區了。當地朋友說「很落後」，是相對於東岸新建設的地區而言的吧。我們就是偏愛老地區。這裡曾經是曬鹽業重鎮，後來鹽業沒落了，現在整個鹽埕埔地區都散發著濃厚的古早氣息，滿有味道。

出海打魚是一場戰爭

高雄有很多地方可以看，除了鹽業舊址外，聽說還有糖業舊址。曾在殖民地時代，製糖是台灣的基幹產業。二十世紀初創立的橋頭糖廠，二十世紀末已停止了生產，現在作爲博物館對外開放，還有賣冰棒。我好想嚐一嚐。可惜，這次時間不多，不能去。在高雄，我們集中走了一個地區：旗津。

去旗津是小學六年級的老大積極主張的。他對烏魚子情有獨鍾，但是在日本賣價非常貴，不容易輪到小孩子的嘴巴來。家裡有本旅遊書叫《下一站，南台灣》，是我爲了研究南台灣的美味，特地從香港進口的。（關於吃喝，我尊重香港人的意見。）兒子翻看著照片，發現高雄有個烏魚子廠現做現賣他的最愛。廠裡掛滿了一雙雙紅色烏魚子的場面，猶如過年前後的廟宇一般喜氣洋洋，令人興奮。這麼一來，他連作夢都夢見烏魚子廠，非去旗津不可了。他想看看烏魚子的製造過程，也想當場嚐嚐味道，更想買很多帶回家一年四季慢慢欣賞。這次台灣南北行，他最期待的一站就是旗津的烏魚子廠。於是到了高雄的第一天傍晚，我們就搭計程車赴鼓山輪渡站，跟一整隊摩托車一起上小船，航行幾分鐘，抵達了烏魚子的故鄉旗津。

這裡是名副其實的旗狀沙洲，曾經是從陸地伸出來的細長半島像媽媽的手腕一般在大風大浪中保護著高雄港的。後來經工程成了孤島，但還是離陸地滿近的，只隔一條海水而

1. 台南火車站
2. 舊高雄火車站

已。儘管如此，下了渡輪，前邊的風景跟高雄市區截然不同。旗津充滿著漁村的氣氛，而且是偏僻漁村的。

走著走著，就走到旗津天后宮了。一六九一年創建的廟宇，聽說是高雄最古老的，入口處掛滿的燈籠簡直跟天上的星星（或者說跟烏魚子廠的烏魚子）一般多。裡面除了媽祖像以外，還供奉著王爺船，乃木造的清代戰艦模型，大約有兩米長，做得特別仔細，甲板上還站著拿槍枝的木刻乘員多名。一批清代士兵在海上打戰，豈不是鄭成功的水軍？據說，這艘船是不知從甚麼地方漂海過來的。聽起來神秘得難以置信，但是福建人古來有王爺船信仰，將王爺像跟祭物糧食一起載船後任其漂流，王爺船到了那裡的村落，那裡的村民就迎神建廟的。

我在日本的旅遊指南書上看到過，高雄紅毛港的保安堂裡供奉著日本軍艦模型。我本來覺得很奇怪。來這裡以後，才曉得：本地自古有王爺船信仰。估計，無論是哪裡的船，只要漂流到本地來，就非供奉不可的吧。台灣人的信仰傳統跟日本人不太一樣，使得有些習俗彼此不容易理解，反而產生誤會。例如，保安堂供奉日本軍艦，由日本人看來，好比是台灣人崇拜日本軍國主義似的。其實，即使在戰爭年代，日本人也不會在神社裡供奉軍艦模型的，因爲沒有類似於王爺船信仰的傳統。

台灣人把打魚說成「討海」，猶如出海打魚是一場戰爭。自古在海上謀生的人們，不僅信仰海上的守護女神媽祖，而且對船隻本身燒香叩頭的。他們也常把台灣島比作一艘船。我曾在宜蘭縣南方澳媽祖廟看到過李登輝揮毫的匾額：島國慈航。看來，祖先從大陸渡海過來的經驗至今深刻地影響著台灣人的世界觀。我想起了侯孝賢作品「風櫃來的人」裡，從澎湖來高雄的一批年輕人暫住旗津，就在這天后宮休息聊天的場面。他們心中一定是對媽祖、對王爺船切實的祈禱吧。

旗津海鮮街

天黑了，肚子也餓了。我們在街邊買烤魷魚吃。把特別新鮮的中型魷魚，邊用剪刀剪開，邊在炭火上慢慢烤熟的，吃起來眞可口。附近小商店賣的貝殼項鍊，據年輕老闆娘介紹，是她自己設計，當地手工的，而不是工廠裡大量生產的，感覺很別致，我和女兒都買下來當紀念品。路上也有賣檳榔的鋪子，招牌上寫著「哦伊細」，果然是日文「おいしい（好吃）」的意思。

我原來以爲到了旗津就有許多烏魚子廠的。其實不然。確實有許多地方賣烏魚子，但是製造廠並不多。我給旅遊書上介紹的一家打電話詢問而得知：這廠家位於細長旗津島的正中間，離輪渡站有好幾公里，而且沒有公車通往，天黑以後只好搭計程車過去。可是，這個時候去也看不到製造過程了。接電話的人說，早晨七點鐘就開始曬烏魚子，白天可以

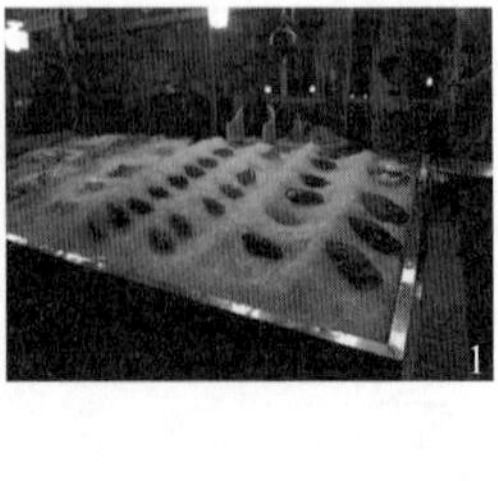

1. 旗津海鮮店
2. 現烤現切烏魚子

騎車過去，渡輪站對面就有出租自行車店。還是明天一早去好了。今晚在這兒附近的海鮮街吃頓飯再回去吧。

據《下一站，南台灣》敘述，在旗津海鮮街吃飯的價錢比香港便宜得多。於是到書上介紹的鴨角活海產店，先在外邊挑了蝦、蜆、要清蒸吃的縱帶鰺魚，也點了高麗菜和南瓜米粉。我們對台灣高麗菜和米粉都有很高的評價。大人喝的台灣啤酒和小孩喝的飲料，要從店裡的冰箱自己拿出來，自己開瓶子的；日本沒有這樣的規矩，讓我們深感「身在台灣」。

這天是星期一，天黑了以後，街上的行人寥寥無幾。剛開始，店裡的客人只有我們。不久走進來了另一群人，好像是當地的男女老小三代人的樣子，大家吃得很和睦，很規矩。館子裡邊有神壇，上面擺放著神像、帆船和鳳梨的模型。台灣人把菠蘿叫做「鳳梨」，應是「豐利」的諧音吧？旗津的海產特別新鮮，調味又相當溫和，感覺像在家裡吃飯似的，滿舒服。再說，香港人說得沒錯；價錢也非常合理。這裡眞不像是台灣第二大城市的一角落。偏僻得挺不錯呢。

台灣海峽的烏魚子

翌日早晨，我們一起來吃完早餐，馬上再搭計程車和渡輪到了旗津。對面的出租自行車店還沒開店呢。怎麼辦？不要緊，咱們去天后宮求助就好。果然還沒走到天后宮，已經走過另一家自行車店了。有租男車、女車、協力車。我們四個人租三輛車，讓八歲女兒坐在老公騎的協力車後邊，沿著海濱自行車道，往烏魚子廠出發了。

這條旗桿般的路，大約有十五公里長。我們騎過了旗津海水浴場、海濱公園、風力發電站、特大特豪華的廟宇。路上偶爾大卡車開過，但是幾乎沒有其他自行車，行人也很少（恐怕是台灣人沒放假的緣故），連紅綠燈都很少見。我們是從北到南騎車的，行進方向右邊有台灣海峽，左邊則是高雄港，路邊牆壁的那邊好像有巨大的港灣設施。

騎了大約半個鐘頭的車，終於到了民房集中的地區，看著路牌，慢慢騎下往高雄港方向的坡道，抵達了仰慕已久的明麗烏魚子廠。首先看到的是小攤子，擺著幾個真空包裝的烏魚子。不會就這麼少吧？當然不會！攤子後面的空地裡，有好幾張網板，上面擺的烏魚子，喔，真多，有幾百雙，正在曬太陽呢。旁邊小屋子裡，有三、四個戴著帽子的中年婦女，坐在矮椅子上，默默地動手；走過去看，她們正在用白色鹽巴醃著橙色的新鮮魚子。守著攤子的老闆介紹說：醃好的魚子要曬乾，到了半乾程度時用木板壓平，然後反覆再曬再壓幾次，才做好可口烏魚子的。

攤子對面有同一家零售店，裡面賣的全都是剛做好的烏魚子。有淺紅色的，也有深紅色的。看店的小姐說：「我們這邊賣的都是特級品，價錢依重量而異。不同顏色的，味道

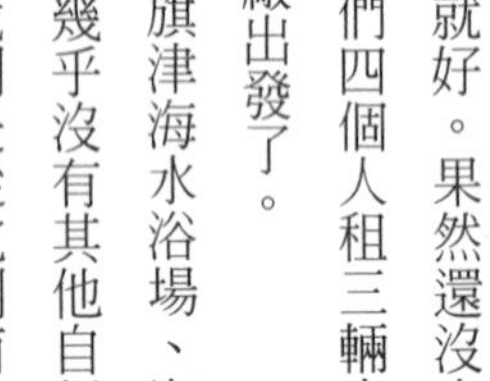

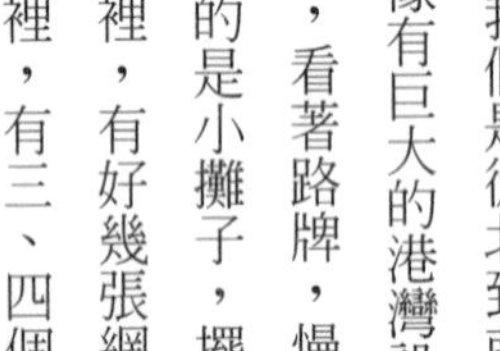

1.台灣海峽（旗津）
2.旗津天后宮的王爺船

也不一樣。看你喜歡哪一種啦。或者買不同顏色的，吃著比較比較味道也好。」問問價錢，果然最大的一雙才賣四百塊錢新台幣，比高雄市內便宜，乃台北的一半而已，跟日本比呢，眞是僅僅幾分之一了。現做現賣的烏魚子，自己挑選後，當場眞空包裝帶回家，可以在冷凍庫裡保存一整年。自己吃的，要送給朋友的，我們總共挑了好幾雙。像挑西瓜一樣地挑烏魚子，當然是平生第一次的經驗，好玩極了。

付好錢後，忽然發覺：現在吃的呢？小姐說：「想現在吃的話，攤子那邊有爐子，我可以幫你們烤啊。要打開剛買的一個？還是另外買一個？」既然到了烏魚子的故鄉，另外挑一個吧。反正小的才兩百塊錢新台幣，若是在日本，連一人一個冰淇淋都吃不到的。等我們挑好了現在要吃的一雙，小姐領先走到對面去，開始生火了。用的是煤氣燒木炭的火爐子，專業得很呢。她用雙手翻著烏魚子慢慢烤，烤到外面稍微焦黃爲止，而後問我道：「切片嗎？還是切塊？蘿蔔、大蒜都要嗎？」烤熟的烏魚子跟紅寶石一般發亮誘人。小姐幫我們把高貴的紅寶石放在塑料小盒子裡，邊套上橡皮圈，邊說：「我不封口啊，悶了氣就不好嘛。」她對自己賣的商品充滿愛心。

跟烏魚子小姐告別，再騎上自行車，我們趕回海邊去。雖說是十二月底，明天就是陽曆大除夕，然而亞熱帶的太陽還是相當炎熱，到了沙灘上就要脫下大衣了。我們面前的大海就是台灣海峽，好大，深藍，特別美麗。台灣海峽最窄的地方才一百三十公里寬而已。

但是，高雄靠近台灣島這塊番薯的末端，距離大陸遠一點，大概有三百公里左右。看著大海，想著距離，慢慢品嚐當地名產烏魚子。芳醇、濃厚的香味充滿嘴裡。兒子很驕傲地說：「還是我說得對吧。」我們都同意：最好每年冬天能夠來一次南台灣，到高雄旗津租自行車去那廠家，採購好下一年吃的烏魚子，也買送給別人家的禮物，然後到這兒來曬著太陽，看著台灣海峽，一口一口吃剛買剛烤的特級紅寶石！

高雄市立歷史博物館

高雄市立歷史博物館位於愛河西岸。這棟建築是一九三九年竣工的原高雄市政廳，從遠處看來擁有「高」字形象。當年日本流行的「帝冠樣式」設計，即西式大樓上面覆蓋日本式瓦片屋頂的，給人印象很威嚴，和摩登可愛的台南建築群風格不一樣，反而令我聯想到中國東北長春街上的僞滿洲國政府大樓。二十世紀初的世界，包括日本在內，浪漫風氣曾流行過一時，到了大蕭條後的三〇年代，一切卻都變得僵硬；社會的變化，好像從不同時代的建築風格都看得出來。日本戰敗，國民黨遷台後，這棟樓照舊當市政廳使用，直到一九九二年新的高雄市政廳落成爲止。一九九八年轉化爲台灣第一所由地方政府經營的歷史博物館了。

在台灣，「由地方政府經營」的意義特別大，因爲這意味著對歷史事件的解釋會跟中

1. 高雄市立歷史博物館

2. 關於二二八的展覽

央政府不一樣。高雄市立歷史博物館的本館一樓第四展覽廳，長期展覽著「二二八事件在高雄」。說明書上寫著：「二二八事件之問題重點，並非在台灣人攻擊外省官員或引發了人民的死傷，而是在於國民黨政府接收台灣之後，貪污腐敗的陳儀政府引爆了民眾的憤怒抗議，而政府卻以捏造的『共產黨或日本人在背後煽動』的罪名栽贓指控人民，以此為藉口出動正規軍，鎮壓手無寸鐵的民眾，實際上更趁機報復與剷除異己，消滅無辜的台籍社會菁英。更重要的是，此後接連而來的戒嚴與白色恐怖，使受難者家屬無法伸冤，同時帶給社會省籍對立的情結，文化與價值觀的扭曲，以及不同省籍而有不同國家的認同與歷史觀。」我在別處沒看過關於二二八事件比這更明確的解說。外國人對該事件的印象，最多來自侯孝賢的「悲情城市」；可惜，電影情節中一些部分似乎跟史實有出入，也許是剛解嚴不久的日子裡拍攝的緣故。一九四七年二月二十八日在台北發生的暴動事件馬上波及了台灣全島，國軍部隊鎮壓的第一個城市就是高雄。尤其在高雄火車站旁邊的名校高雄中學，有同學遭國軍部隊機槍掃射而犧牲，成爲當地人長年無法忘記的歷史遺憾。用圖畫描繪著事件當時的高雄中學和血腥的鎮壓過程，令參觀者都感到痛心。毫無疑問，這是一個非常重要的歷史展覽。

走樓梯到二樓看看，很有趣，原來的市長辦公室照原貌保留著。不僅如此，參觀者還可以坐在市長的椅子，在很大的寫字檯上，用市長的圖章在公家文件上蓋個印，作爲紀念品帶回家去。這天參觀者不多，市長室的女性工作人員讓我們盡情蓋印，拍照片。實物的展覽，還能親身體驗體驗，比甚麼主題公園都有意思多了。

從歷史博物館走出來，我們沿著愛河，往回飯店方向溜達溜達。河面上吹過來的風很舒服，途中有電影圖書館。侯孝賢在高雄郊外的鳳山長大的；他早期的自傳片「童年往事」的背景就是鳳山。如今活躍於國際的李安，則是出生在離高雄不遠的屏東縣潮州鎮，在台南讀了小學、中學的。他們的父親都是跟著國民黨政府遷來台灣的教育界人士。拍了「海角七號」的魏德聖則是世世代代的台南人，到大專都在台南念畢的，聽說他父母親在當地廟前開商店。我到了南台灣，很有身在侯孝賢電影中的感覺。是現實模仿藝術？還是藝術模仿現實？毫無疑問的是侯孝賢電影藝術成就之高。總之，影迷到了南台灣，保證別有感觸的。何況下一步，我終於要去「海角七號」的背景恆春半島。

1. 旗津渡輪站
2. 明麗烏魚子廠

【南北紀行──恆春半島篇】

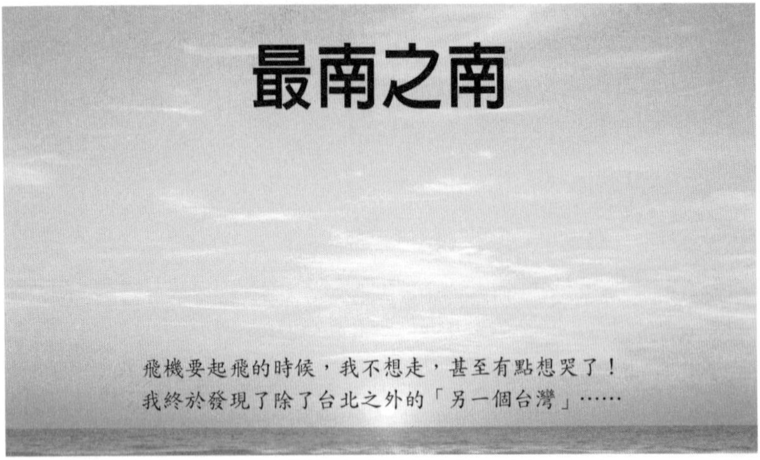

最南之南

飛機要起飛的時候，我不想走，甚至有點想哭了！
我終於發現了除了台北之外的「另一個台灣」……

恆春半島筆記

離開高雄，我們要往南，向恆春半島出發了。

長久以來，我都以爲「台南」就在台灣之南端。那是大錯特錯。其實，台南之南還有高雄，高雄之南還有將近九十萬人居住的屏東縣。如果沒有看「海角七號」的話，我有可能永遠注意不到這個風光明媚，充滿魅力的地方。

看完影片之後，我才第一次仔細看了南台灣地圖。原來屏東縣在台灣島的西南至最南部，總面積達二七七五平方公里，由一市（屏東市）、三鎮（潮州鎮、東港鎮、恆春鎮）、二十九鄉組成。位於北回歸線之南，屏東縣大部分屬於熱帶氣候。自古以來南島語系原住民各族生活的熱帶森林，清代漢人稱之爲「阿猴林」。「海角七號」的背景恆春半島，古名琅嶠，則在屏東縣最南部，也就是最南之最南，西面台灣海峽，南面巴士海峽，東面太平洋，乃三面瀕水的天涯海角。就是在這裡，中華文明與南洋文明相逢的。

恆春半島的面積有五百多平方公里，比台北市大一倍，分成一個鎮和三個鄉。位於西北部的車城鄉（人口約一萬）以及西南部的恆春鎮（三萬多）面對台灣海峽，大多居民爲漢人。反之，在太平洋岸，位於東北部的牡丹鄉居民（五千）中，原住民比率超過九成。東南部滿州鄉（八千六百）的居民，也有大約四分之一是原住民。跟漢人城市台南、高雄不同，恆春半島的居民直到清末爲止都以原住民爲主，乃當年所謂的琅嶠十八社。

地理上和交通上，這兒可以說是台灣的邊緣。從基隆、台北，一直沿著西海岸往南下來的環島鐵路，沒進入半島以前，就向東拐彎，要越過中央山脈往台東去。結果，在鐵路王國台灣，恆春半島是坐鐵路無法抵達的陸上孤島。從高雄過去，只好開兩個多鐘頭的汽車或者坐三個鐘頭的巴士，總之有一段路，用天涯海角一詞來形容此地，並不算誇張。

然而，事實之奇勝過小說。我邊看地圖，邊閱讀南台灣的歷史，驚訝地發覺：在這天涯海角上，日本帝國主義留下的痕跡可不少。例如，在「海角七號」裡，標誌著阿嘉家鄉恆春鎮的城牆，即友子坐的小巴無法通過的那城牆，就是一八七九年爲了防禦日本軍隊之進攻而建設的。一八七四年，有三千多名日本士兵向瑯嶠「蕃社」（今天的排灣族社區）進行了攻擊，迫使清政府趕緊在此地蓋座圍城，並鼓勵漢人移居，以便鞏固防禦。連一百多年後的今天都不容易抵達的天涯海角，當年日本軍隊怎麼想到攻擊的呢？

那是中國在鴉片戰爭後逐漸陷入於半殖民地狀態，日本卻經一八六八年的明治維新，逐漸要成爲列強之一的年代。一八七一年，當琉球群島宮古島的居民，往琉球首府那霸運送租糧回鄉之際，因颱風遭難，漂流到恆春半島東岸來，在登陸求助的六十六名船民當中，有五十四名不幸被當地原住民（排灣族，高士佛社人）殺害了。十九世紀的南海、東海，有各國船隻航行，之前也發生過遭難的船員被台灣原住民襲擊，由本國政府提出抗議的案件；清廷卻一貫主張原住民是「化外之民」，並且以「生蕃地不載版圖」爲由，拒絕介入取締。在這個情況下，美國駐廈門領事李讓禮（Charles W. Le Gendre，或譯李仙得）就直接跟瑯嶠十八社的大頭目卓杞篤簽過和約，以確保西方海員之生命安全了。那就是一八六七年簽訂的「南岬之盟」。日本政府都知悉這些情形，也聘請李讓禮等西方人士擔任外交顧問。儘管如此，琉球船民事件發生後，日本政府還是偏偏要求北京清廷處分加害者，一遭拒絕馬上派兵到台灣，跟瑯嶠十八社之中的高士佛社、牡丹社交了火。這場戰役叫做牡丹社事件，乃近代日本頭一次的對外侵略戰爭。

換句話說，日本後來占領台灣，向廣大中國大陸進軍的第一步，就是從今天的屏東縣恆春半島牡丹鄉等地方開始的。而且那次日本出兵的過程，也果然特別不光榮。首先，開戰之前沒有通知清政府，違反了國際慣例。第二，對日本國內也沒有公佈軍事行動。第三，英美等國家收到情報以後表示反對，日本政府發出了中止命令，然而內務卿大久保利通陽奉陰違，默認了陸軍中將西鄉從道的獨自專橫，結果還是打起仗來了。眾所周知，這始末跟大約六十年後（一九三一年）九一八事變擴大的過程一模一樣。對此，日本最有名的歷史小說家司馬遼太郎，就在長篇小說《宛如飛翔》裡道破過：「大久保的做法類似騙子。可以說是官制的倭寇。」

漂流民遭難事件中，被殺害的琉球宮古島人，本來在法律上的國籍歸屬並不清楚，因爲琉球王國長期受大陸政權（明朝、清朝）冊封的同時，亦隸屬日本薩摩藩。透過牡丹社事件，日本政府不僅從清廷得到了五十萬兩銀的賠償金，而且使國際社會承認了琉球群島屬於日本領土，其居民是日本國民。今天歷史學家都同意：琉球船民遭難只是藉口，明治政府早就對南方島嶼有領土野心的；首先確保琉球，然後瞄準台灣。早在一八七四年向瑯嶠出兵之前，日本政府已經研究過能否進一步占領台灣東部未屬清朝版圖的部分。

面對著來自日本的軍事壓力，清廷派到台灣來的欽差大臣沈葆楨下令建設了恆春城。一八九四年的甲午戰爭，雖然主要戰場在朝鮮半島和中國東北地區，但是日本軍隊趁機占領了澎湖，以便封鎖台灣海峽，迫使清廷同意割讓台灣，終於實現了二十年來的宿願。

近代以後的日台關係史上，恆春半島占有極其重要的地位。而這個關係，從最初就圍繞著台灣原住民的。恆春半島東部滿州鄉的美麗草原上，至今有「高砂族教育發祥之地」的石碑。「高砂族」是日治時代對原住民的稱呼。一八九五年簽訂馬關條約，日本正式從清朝獲得台灣以後，第二年就在此地開設了「恆春國語（日語）傳習所豬勝束教場」，乃全台灣第一所以原住民爲對象的學校。顯而易見，天涯海角般的恆春半島，由大日本帝國看來，倒有戰略上的重要性的。殖民統治者認爲：穩定經營新領土，應該從教化原住民著手。因此在「蕃社」開設了日語學校，也把部分人派遣去日本或其他國家，好見識見識外面世界，也讓外面的世界看看他們（即大日本帝國的新屬民）。

教我仰天長嘆的是，在後來一百四十年的日台關係史上，恆春半島的原住民一直不停地扮演重要的角色。比如說，一九一〇年在倫敦舉行的日英博覽會上，由高士佛社（現牡丹鄉高士村）派去的一些原住民，實地演出了「蕃社」的生活狀況。整整一世紀後的二〇〇九年，日本放送協會電視台（NHK）播放的紀錄片「亞細亞的一等國」，把當年日英博覽會的「蕃社」展覽形容爲「人類動物園」，引起了日本右派團體的強烈不滿，結果控訴NHK的民事官司原告團中，就有來自高士村的排灣族代表。

又比如說，也在二〇〇九年，日本女導演酒井充子（一九六九年出生）問世的紀錄片

1. 滿州警察局
2. 車城福安宮

「台灣人生」中，代表著原住民，一貫用日語表露親日情緒的塔里古・普家儒漾。他一九二八年出生於高士佛社，乃牡丹社事件中被殺害的頭目之第五代子孫，根據台灣《原住民新聞雜誌》報導，曾在日治時期，由於自己的血統，隱姓埋名過日子。國民黨遷台以後，他以漢名華愛畢業於陸軍官校，做了中華民國國軍上校，後來還擔任了第一位原住民立法委員（國民黨籍）。從一九五〇到一九六〇年代，在蔣介石的要求下原日本支那派遣軍總司令官岡村寧次、原日本陸軍少將富田直亮等人祕密培養了中華民國國軍幹部的所謂「白團」，他也做過日語翻譯。

車城的墓園

恆春半島上的「滿州」，他應該知道的。他是我一個朋友的父親，乃一九〇六年在恆春半島車城鄉出生的董清財先生。他畢業於台南師範學校，一九二九年留學去東京武藏野音樂學校專修小提琴，後來赴任當年的滿洲國高等師範，長期負責音樂教育，跟日本籍小學女教師成家，直到一九七六年去世，終生都在中國大陸過的。他五個孩子們，一九八〇年代到日本定居以後，為父母親在兩個人的故鄉分別建造了墓碑。其中一個就在董清財先生的老家車城。我整理、撰文過董清財伉儷的生平（請參見本書收錄的〈傾聽一首鄉愁的聲音〉），既然到恆春，應該順便去為二位掃墓。所以，我們在恆春半島的第一站必定是車城了。

我們坐的車子離開了高雄以後，一直在高速公路上兜風，不久兩邊出現了大王椰樹森林，南洋感覺滿濃厚。去掃墓，需要當地親戚帶路。董家是車城一帶的大地主，去海外讀書發展的不止一人。家族中許多人當老師、醫生。董家後代很熱情地招待我們，並特意從高雄開車帶路去掃墓。

恆春半島的南端有一九八四年成立的墾丁國家公園，乃全島第一個國家公園。之前，台灣的海岸線被視爲前線，不讓閒人進出的。墾丁的白沙灘勝過夏威夷，蓋了設備齊全的度假飯店後，全島居民紛紛要來玩了。但是，恆春半島沒有鐵路。爲了方便遊客，二〇〇四年在車城鄉開業的恆春航空站，誰料到，由於此地常颳強烈的落山風，每年大約有一百五十天被迫關閉。在「海角七號」裡，爲了迎接日本歌手中孝介（出身於鄰近沖繩的奄美大島），台灣歌迷蜂擁機場的場面，其實純屬虛構，包括友子購買原住民首飾的櫃檯也不存在。現實中的恆春航空站，則是要麼關著門，或者空蕩蕩的。我這天方得知，恆春機場用的土地，原來是董清財先生擁有其中一部分的。太平洋戰爭時期，日軍強制徵用，教他二哥氣死了；六十年後才改爲台灣民用。

去恆春半島，從北部來的遊客一般都先到高雄，然後換坐墾丁飯店派來的專用巴士。南部人則要自己開車去。董家人告訴我：「我們去墾丁玩的時候，出發以前就在家裡換穿

1. 車城小學溫泉分校

短褲、拖鞋。」即使對高雄人來說，恆春半島在遙遠的南方，而一說到恆春半島，大家就想到墾丁沙灘。

離開高雄後大約兩個鐘頭，終於看見了「車城」的路牌。往西邊（向台灣海峽）拐進去，狹窄的馬路兩側有密密麻麻許多小商店鱗次櫛比。這條路給人的感覺特別古老，而且充滿著類似於福建泉州的閩南氣氛。盡頭有一座好大的廟宇，乃全台灣最大的土地公廟，後面就是台灣海峽了。據說，車城福安宮建於一六六二年，正是鄭成功擊退荷蘭人那一年。車城居民是台灣最早的漢人移民之後代。當年，漢人村莊頻頻遭受原住民襲擊，為了防禦，用木柴圍住的村落被稱為「柴城」，後來訛誤為「車城」的。在「海角七號」裡，舉行樂隊成員評選會的活動中心，以及茂伯的弟孫結婚時擺酒席的廟宇，都在車城鄉。

董清財先生的老家是廟前的成記中藥房，如今由他長兄的曾孫一代經營，店裡放藥材的櫃子有超過一百年的歷史，乃名副其實的百年老店。當家的八十多歲老太太，是董清財長兄三男的太太。她用非常端正的日語向我打招呼。我想：一百多年以前，在這裡出生的台灣之子，到台南念書都夠遠了，怎麼會想到留學東京，更赴任中國東北吉林省呢？不過，車城人是聽著海潮聲過一輩子的，祖先從海峽對岸渡來的記憶，估計永遠猶新。正如小說《原鄉人》的作者鍾理和（一九一五年在屏東高樹鄉出生的客家人），也許他對中國大陸感到鄉愁，或者從祖先遺傳了開拓者的性格也說不定。

位於福安宮旁邊的墓園裡，連一個人影都沒有。原來，台灣人是只逢過年和清明節才去掃墓，其他時候則忌諱的，跟一年三百六十五天都會去墓地跟故人聊聊的日本人習俗不一樣。距這年的清明節已有八個多月了，果然墓園裡長滿著雜草，感覺難免有些荒涼。大家協力清理墓碑周圍，並奉上董家人從高雄帶來的三色人造花，然後輪流地祭拜。在這裡，基本上一個人有一塊墓地、一個墓碑，上面都刻著福建家鄉之地名。

董清財伉儷的墓碑跟他二哥的建在同一塊園地裡。我一眼就看得出來，孩子們對父母親的情感非常重，不僅在墓碑上鑲嵌著兩位長輩的照片，而且在後面銘刻著簡歷。旁邊有董清財先生父親的墓地，特別寬闊豪華，用彩色搪瓷描繪著古代孝子孝女的故事，烙上的年份是昭和九年，即日本統治下的一九三四年。那時董清財先生已經從東京武藏野音樂學校畢業，在大連教書了。一九四〇年代初，他回來過家鄉。但是，之後的三十多年，由於國共兩黨隔著台灣海峽的對峙，一直不得離開中國大陸。他的孩子們清楚地記得父親多麼想念家鄉恆春的風光。

四重溪溫泉

屏東縣道一九九號，從西岸車城鄉，斜穿恆春半島通往太平洋。掃完董清財伉儷的

1. 四重溪清泉山莊

墓，我們要沿著這條山路去四重溪溫泉過夜了。恆春半島上的幹線道路是南北方向的台二十六線省道，和一九九號縣道的交叉口有車城小學，乃董清財先生的母校（原車城公學），他去東京留學以前還在這裡任教過。

四重溪溫泉，距離車城鄉約有四公里，曾在日本統治下是大名鼎鼎的台灣四大溫泉之一。這天陪我們去掃墓的董清財先生姪女，一九四〇年代曾住在四重溪，每天走四公里路到車城上學去。她說：「當時，我們都捨不得穿鞋子，雙手拎著，赤腳走過草原去上學，又赤腳走路回家，感覺滿舒服的。」屬於熱帶的恆春半島，除了椰樹森林以外，果然還有許多草原，非常漂亮。她也說日治時代的溫泉區非常繁華熱鬧，國民黨來了以後就沒落了，因爲中國人不大有洗溫泉的習慣。曾在日治時期，天皇裕仁的弟弟高松宮宣仁親王老遠來光顧過的山口旅館，今天仍以清泉名所的字號營業，也把親王洗過澡的浴池保存下來。我在網路上看到這家旅館的網頁，覺得有趣。首頁上，竟出現宣仁親王的照片和用中日文寫的「一直愛著」幾個字。在這裡，歷史斷片顯然可以成爲除去政治意涵的收藏品。

屏東縣道一九九號是一條山路，環視四周全是山景。很難相信，才幾分鐘以前，我們還在車城鄉聽著台灣海峽的潮音。山路右邊，看到寫著「日本琉球藩民墓」的牌子。這裡有一八七一年琉球船民遭難事件受難者的墓地。明天我們要去參觀附近的石門古戰場，並訪問牡丹鄉的排灣族部落。

清泉名所的外表有點日本味，走進裡面卻充滿著南洋氣氛。在前台値班的小姐們，看樣子就跟台南、高雄的人不一樣。我弄不清楚，究竟是鄉下人的緣故？還是血統不同所致？稍黑的皮膚有點像原住民。會不會是平埔族？我想起來了，早期的漢人移民以男性為主，往往跟原住民女性通婚。聽說，南台灣至今有俗語道：「有唐山公，無唐山嬤。」移民社會必然出現許多混血兒，所以台灣漢人多數都有程度不同的原住民血統。後來在恆春半島待的幾天裡，我慢慢明白了，她們的外表其實在當地算是相當常見的。四重溪人說漢語也有點獨特：表示同意的時候，一定說「對對對」三次對，好比這是三個一套而不能分開使用的，聽起來猶如在演戲唸台詞，滿可愛。

我預訂的和式四人房，在網頁上看來夠寬闊，實際上卻非常小，勉強鋪了四張褥子以後，連坐下來的地方都沒有了，更不用說放行李的地方。我以前在宜蘭、台東等地也住過台灣旅館的和式房間，沒有例外，都是特別小的，比日本旅館的房間小得多，小到令人懷疑：台灣人是否把榻榻米當作臥榻，而不是地板。在侯孝賢早期的電影，如「冬冬的假期」、「童年往事」裡，也出現登場人物不用褥子，直接躺在榻榻米上睡的場面，教我一直很納悶。幸虧，清泉名所的和式房間，外邊還有套廊面對著院子。我就把皮箱等放在那兒了。

我估計，在日本統治時期，這家旅館的設計曾完全是日本式的，現在不是，只有少數房間是和式榻榻米房。至於宣仁親王洗過澡的浴池，房客可以隔著玻璃門參觀：用淡色大理石砌的浴室很摩登，但是很小，一點也不豪華。旅館附設的餐廳專門提供早餐和茶點，包括網頁上大力宣傳的日式甜點「宇治金時（抹茶紅豆沙）」，然而不提供晚餐的。我們得到外面吃飯去。

走出去，右邊有公共的溫泉浴池，是不收費的。另一邊則是車城小學溫泉分校。啊，如今的孩子們不需要走來回八公里的長路去上課了。傍晚時分，行人甚少，非常安靜。這個地方給人的感覺是偏僻的山區，很難相信曾經是旅人蜂擁的遊覽區。如今溫泉旅館也寥寥無幾了，其中只有一家南台灣溫泉大飯店規模較爲可觀。有意思的是，連這麼偏僻的山區都有7-ELEVEN，還具備著提款機。

四重溪街上，館子也很少。除了當地人吃便飯的小麵館以外，只有兩家店。一家的老闆站在門外大聲向我們喊：「香港人都來這裡吃飯的」，顯然是專門爲外地遊客提供大菜的地方。而另一家小店裡，原住民婦女默默地包著餃子。我們比較喜歡低調的作風，決定今晚吃她包的餃子了。坐下來，叫了水餃、炒山蘇、蚵仔湯和台灣啤酒。這家館子，進來的客人全都是男性，而且一看就知道是原住民的樣子。距離閩南小鎮般的車城鄉只有四公里而已，但是感覺上，我們好比到了另一個國土似的。店員端來了熱騰騰的韭菜水餃，個頭好大，四個人吃不下四十個餃子。

吃飽飯，我們溜達溜達回旅館。天早就轉黑了。在房間裡換穿泳衣、泳帽，去泡溫泉。清泉名所的戶外浴池有三個大型水池。一個熱水池上面設有長方形屋頂，頗像日本「露天風呂」。溫泉水既透明又無味，泡起來很滑潤，特別舒服。可惜，這裡禁止飲食。記得十年前去台東知本溫泉泡澡的時候，還允許在浴池裡喝啤酒的。曾經很大方，很隨便，充滿南洋風情的台灣溫泉，這些年在各方面的管制都越來越嚴格。當然，從不同的角度來看，這也是公共道德和衛生觀念普及的成果了。

這裡的溫泉池不附設淋浴蓮蓬頭等洗滌設備，估計台灣旅客是回自己的房間再沖洗的。我披上襯衫，要去隔壁的公共澡堂洗一洗。男女分開的「裸湯」，一進去就有更衣室，拉開玻璃門，裡面是大浴池，牆邊有一排水龍頭，總體設計跟日本很像。來洗澡的都是當地原住民，從稍黑的膚色和壯實的體格一看就得知了。她們各自帶來很大的塑料桶子，往裡頭裝滿了熱水後，一口氣倒在身上，好爽快。

在四重溪溫泉清泉名所的和式房間醒過來。榻榻米地板的小小房間裡，四套被褥鋪得滿滿的，我挨你你挨我地睡著，結果產生了很親密的感覺。偶爾這樣睡也是不錯的。老公起得比我早，已經去隔壁的公共浴池洗過澡回來了。他說見到了從高雄特地來洗溫泉的台灣老先生，泡在熱水裡，用日語跟他解釋說：「泡了這裡的溫泉，一定能生健康的男孩子。」日本各地都有當地著名的「子寶之湯」，沒想到台灣也有。

我一拉開套廊的門，就聽到了呼呼呼、隆隆隆，好大的颳風聲。這應該是恆春半島冬季著名的落山風了。據說會颳得跟颱風一樣厲害，甚至迫使行人爬在地上。看來今天的行程得受影響了。

我們先走過院子去旅館附設的餐廳吃早餐。自助餐內容很簡單，好在當地生產的蔬菜如高麗菜、茄子、絲瓜等，樣樣都非常新鮮可口。我以前去過宜蘭縣礁溪溫泉，那裡的蔬菜也特別好吃，好像溫泉水包含的礦物對作物味道有正面影響。主食有烤麵包（附人工奶油）和番薯白米粥兩種。滑潤的白色稀飯裡，黃色柔軟的番薯塊忽現忽隱，看起來很漂亮，嚐起來滿好吃。飲料有茶水和即溶咖啡。餐廳裡，有位單獨的女客人，看樣子四十歲左右。她位子的旁邊擺著嬰兒車，裡面坐的卻是一隻長捲毛狗。那女性不時地餵著牠吃東西，還聊聊天似的。顯然，她是一個人帶著寵物來溫泉區度假的。

這次南台灣之行，我們主要利用公共交通，但是在恆春半島上，不僅沒有鐵路，連巴士路線也只有一條：從高雄沿著西岸南下，經過車城、恆春鎮、墾丁海灘，往半島東南角鵝鑾鼻燈塔。基本上，這是爲度假客服務的旅遊路線，而且只通過以漢人居民爲主的車城鄉和恆春鎮。至於東部的原住民地區牡丹鄉和滿州鄉，曾經有的巴士路線因爲虧損被取消，如今除非自己開車，哪兒都不能到了。恆春半島眞是天涯海角，尤其是原住民地區。

我們從國外來，沒有駕照，想要隨意遊覽恆春半島，只好雇一部車了。我還在日本時，網路上尋找旅遊服務，發現有家「墾丁旅遊達人」公司能派車。我計劃：從四重溪溫泉出發，按順時針方向橫越恆春半島到太平洋，沿著東岸南下到鵝鑾鼻燈塔，順路參觀「海角七號」景點，最後到今晚要投宿的墾丁福華大飯店。然而，據網路上回答我詢問的「達人」黃小姐說：這條線的總路程達九十七公里，由於大部分是山路，需要六個小時。眞是令人難以相信！小小的恆春半島，如果反時針方向走的話，大概兩個鐘頭就足夠了。

遊恆春半島東岸需要很長時間。一個原因是：橫跨半島的屏東一九九縣道是往東北，而不是往東的，三角函數延長距離乃數學的基本原理。另一個更根本的原因則是：東部原住民地區的基本建設仍然落後。以台北爲起點，沿著西岸縱貫台灣的省道台一線（全長四百六十多公里），到恆春半島北端的枋山鄉（即鐵路都拐彎的地方）爲止。接下來的省道台二十六線，本來計劃環繞恆春半島通往台東，但是目前還有兩段路未修築，只到鵝鑾鼻稍北的佳樂水爲止，使得東部牡丹鄉、滿州鄉仍舊是「陸上孤島」。

我最後給「達人」黃小姐寫電郵說：「我們要租一天的車，四個人加上皮箱，需要大一點的車子。具體的行程，看當日天氣，跟司機商量最後決定。」今天颳著落山風，看來不合適於山路上兜風半天了。儘管訂過了車子，我還是有點擔心車子會不會來，因爲跟「達人」的一切溝通全在網路上進行，連一次電話也沒有打的。謝天謝地，謝媽祖謝土地公，到了上午十點正，果然出現了八人座的廂型車。

司機先生是恆春半島西南端後壁湖人。皮膚很黑，顯得精悍，跟高雄以北的漢人，外表就是不一樣。我聯想到東馬婆羅洲的華人。他們是第四代或者第五代的福建移民，還講閩南話，也保持著閩南式龜甲墓，但是風貌早已不像漢族人，光看樣子跟馬來人或當地原住民分不出來了。恆春半島的漢人也頗像南島語系原住民。但是，樣子並不決定文化歸屬。司機先生是平地人，好像不常去山區原住民部落。「你們想去牡丹鄉啊？」他最初顯得稍微不安，後來鼓著勇氣似地說：「沒關係，我知道路。到了那裡再打聽打聽就行了。」

牡丹社事件壁畫

從四重溪溫泉到牡丹鄉是開車才幾分鐘的路程。但是，感覺上，好比要過國境似的。

台灣原住民和漢人相處這麼久，通婚這麼多，但是彼此生活的領域，至今分得清清楚楚。同樣說是台灣原住民，其實分許多族的。以前聽說有「九族」，二〇一〇年的法定原住民有十四種了，沒被法定的還有十來種。清朝時候住平地，被漢人同化的平埔族（當年曾叫「熟番」），今天大多已融入主流社會，失去了固有的語言、文化和民族認同。當時住山地而沒被漢人同化的高山族（當年曾叫「生番」），日本統治下改稱「高砂族」，國民黨執政下又改稱「山地同胞」，一九九〇年代以後才自稱爲「台灣原住民」了。

沿著屏東一九九號縣道前往，我的心情不由得沉重起來，因爲這一條路就是一八七四年五月，西鄉從道率領的日軍進攻牡丹社、高士佛社的路程。在進攻之前，日本政府雇請原美國外交官李讓禮當顧問，了解了當地情勢：恆春半島（當年瑯嶠）有「熟番」和「生番」之別，最好懷柔前者以便孤立後者。李讓禮也建議日軍從西岸車城射寮海岸登陸，經過漢人居住區和「熟番」地區，逐漸往東向「生番」居住的山區前進。結果，當年所謂的「瑯嶠十八社」原住民當中，有十六社被日軍安撫與其結盟，剩下來的牡丹社和高士佛社得孤軍奮鬥了。

今天，平地和山地的界限非常明顯。牡丹鄉石門村入口處有巨大的彩虹形村門，用紅黃兩色塗成陽光照射般的圖樣。旁邊還有一座銅像，乃手持弓箭的原住民戰士站在陶甕上的。一過村門，路崖斜面上就出現一系列特別奪目的彩色壁畫，共有二十來幅，題爲「西

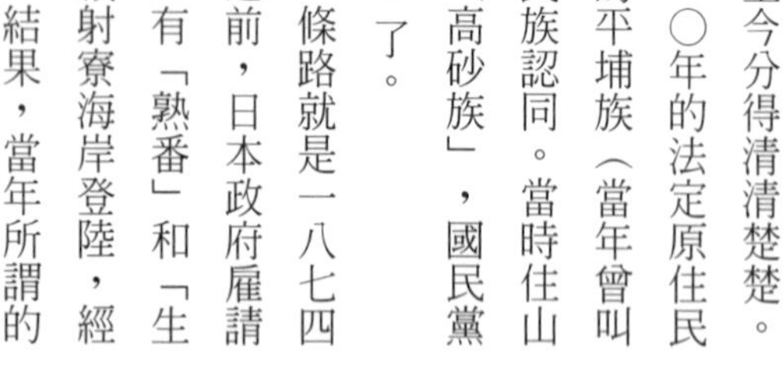

牡丹社事件壁畫

鄉從道侵台始末」，果然是用圖畫來講解牡丹社事件的。

第一幅：「清同治十年（一八七一年）十一月」，有一批穿和服的日本人，船隻在附近擱淺，於琅嶠登陸。

第二幅：他們在原住民部落受到款待。

第三幅：另外有一群原住民，在山上狩獵，打野豬。

第四幅：日本人懼怕而逃走。

第五幅：部分日本人被山區原住民殺害，其他人則向當地漢人求助。

第六幅：鳳山縣清廷衙門把逃難的日本人送回琉球那霸。

第七幅：原住民和日軍交火。

第八幅：由西鄉從道率領的日本軍隊，分坐高砂丸、明光號等艦船到來，和西方人共謀，襲擊此地。

第九幅：日軍到處放火，殺掠。

第十幅：東洋軍人揮著日本刀，燒毀房屋，造成嚴重損害。

第十一幅：日軍士兵傷亡，西鄉向清廷官僚沈葆楨求償。

第十二幅：日本人在石門古戰場豎立了「忠魂碑」，族人擺豬進行祭祀，這就是「西鄉從道侵台始末」。

第十三幅：排灣族的象徵百合花。
第十四幅：族人協力砍木，建房子。
第十五幅：族人用水牛耕田。
第十六幅：族人捕魚，打獵。
第十七幅：此地豐產的蔬菜、水果，族人製造陶甕、陶珠首飾。
第十八幅：節日族人著盛裝，團聚起來手拉手跳舞。

我事先沒有心理準備，看到這套壁畫，受到了深刻的震撼。對日本人來說，牡丹社事件是很久很久以前發生的歷史插話，但是在當地卻至今是活生生的記憶，而且還要通過巨大壁畫讓所有後人認知清楚的。我後來上網查詢資料而得知，這套壁畫是二〇〇九年五月二十九日才揭幕的「牡丹鄉石門古戰場入口意象」，村門邊的銅像則是當年被日軍殺害的牡丹社頭目阿祿古（arugu kavulungan）。根據台灣報紙報導，在揭幕式上，牡丹鄉長林傑西發言道：「建設這意象的目的是用愛與和平的文化交流來撫平歷史傷痕，讓當年的事件能轉化爲後代亙古流傳的史詩。」牡丹鄉由石門村、牡丹村、東源村、旭海村、高士村和四林村組成，總人口五千多，其中九成以上是以排灣族爲主的台灣原住民。

頭目公主的家

1. 牡丹鄉石門村村門
2. 牡丹鄉藝莊

過了村門和壁畫後不久，我們就進入了石門村。道路兩邊有些房子，但是行人不多，很安靜。我在日本上網查關於牡丹鄉的旅遊訊息，唯一找到的是一名日本鼓手寫的部落格。他在台灣搞樂隊，去牡丹鄉辦演唱會，順便逛街發現了一家手工藝品商店。我跟司機說：「這裡應該有家手工藝品店。我們要去。」他停車問問當地人，馬上找到了牡丹藝莊。

這是一家規模很大的商店，門內外到處擺掛著種種原住民的手工藝品，例如：民族服裝、書包、雕刻、樂器、陶珠首飾等等。有個三十歲左右，戴著眼鏡的青年從裡頭走出來。他前額很廣，一副知識分子模樣。我想起來了，那日本鼓手寫的部落格就登著他的照片。「你們要看東西嗎？那我叫母親來吧。這是她開的店。」說著，他叫母親去了。老闆娘看起來有五十多歲，褐色的皮膚非常漂亮，好比是烤到恰好的麵包，壯實的身材則猶如夏威夷、東加等南方島嶼的居民。也不奇怪，台灣原住民本來就屬於太平洋南島語系民族。她自我介紹說：「我是頭目第四代的直系公主。昨天晚上在四重溪街頭，已經看見過你們了。我在那邊也開一家店的。」公主的眼睛圓圓亮亮，顯而易見，她是額外聰明活潑的一個人。她說是頭目的第四代，難道不是牡丹社事件的遺族嗎？我不敢問她。

牡丹藝莊分成兩個部分，公主老闆娘給我們介紹商品。「你看了『海角七號』吧？影片裡那些琉璃珠，導演用得不對了。我們這邊賣的才地道，是陶製，手工花好幾天工夫才能做好的。還有，你看，排灣族傳統的婚紗，穿起來很重啊，是一個美國人訂做的。這一幅畫裡有我們民族的文化象徵：太陽、百合花、百步蛇、甕，當紀念品帶回去很合適，是不是？我開店，不是爲了賺錢，而是爲了要發揚排灣族傳統的文化。所以，我絕不會強迫你買東西的。」

我在鋪子裡走走，出乎意料之外，大廳裡擺著一架KAWAI牌大鋼琴。老闆娘說：「這是我小兒子的。他學鋼琴，現在政府派他去德國留學了。我們家都喜歡音樂嘛。」聽說，排灣族等台灣原住民社會，至今保持著貴族制，牡丹藝莊老闆娘生爲頭目第四代直系的公主，顯然屬於貴族階級。她說：「我先生原來是小學校長，退休以後從事文化研究以及寫作，出了很多書。大兒子就是剛才那個戴眼鏡的，在台南當醫生，娶了個漢人媳婦。老二是女兒，以前在日本也待過，還打算去北京念民族學院的，但是後來嫁給了瑞典人沒去北京，現在帶著孩子。我女婿以前也是老師。」這天是陽曆二〇〇九年十二月三十一號，大家回老家要團聚的日子。果然屋子裡有個白人大漢抱著小朋友，應是老闆娘的洋女婿和外孫吧。從裡頭也走出來另一個小朋友和漢人媽媽，她說：「我們家像不像聯合國？」

誰會想到台灣最南部的屏東縣恆春半島，連公車路線都沒有的原住民地區牡丹鄉，竟然有個排灣族家庭，成員都是知識分子、藝術家，一個個孩子都去國外念書當專業人士？當然，貴族家庭跟平民家庭不一樣。儘管如此，本來在我腦海裡的台灣原住民形象，實在不準確，非改變不可的。

公主說：「我父母經歷過日本統治，會說日語。其實，我們這邊的生活，直到最近都有些日本人留下的影響，比如說吃的東西甚麼的。因爲那時候，台灣原住民是日本人管的，對不對？」她的語氣有點像批判，也有點像驕傲。公主本人則會講排灣語和國語兩種語言。到了孩子們一代呢？當醫生的大兒子說：「排灣語，我能聽懂，但不大會講。」我估計，他在台南看病人的時候，用台語和國語兩種語言的。過去一百多年，台灣原住民的語言生活，從純粹講母語的時代，經過日語時代和國民黨推行國語的年代，又進入了台語席捲整個社會的時代。結果，同一家三代人，都過著不同組合的雙語生活。

根據歷史學研究，台灣割讓給日本以後，原住民的反抗比漢人還要強烈。總督府於是派警察到每一個原住民村莊，使之兼任了學校老師。有些警察還娶頭目女兒爲側室，因而成爲頭目的女婿，便鞏固了自己在部落中的崇高地位。一九三〇年代的照片裡，我們能看到穿著和服的原住民女生伺候日本警察先生的鏡頭。在長達五十年的日本統治下，台灣原住民固有的生活方式逐漸被破壞，最後在太平洋戰爭中，多數原住民年輕人作爲「高砂義勇兵」出征而喪命了。今天牡丹藝莊要發揚的，是一度遭破壞以後重新拯救並嘗試復原的傳統文化。

石門古戰場

石門古戰場位於四重溪溫泉和牡丹鄉之間。東邊有海拔四百五十公尺的五重溪山，西邊有三百七十公尺的虱母山，兩者構成自然的門路，即石門，中間的山谷成了一八七四年的戰場。我爬上長長的階梯，到了山頂的平台。望四圍，全是山地。當年日軍是從西岸登陸往東打進這山區來的。這一帶，從台灣海峽到太平洋，陸地寬度大約只有二十公里。

空曠的平台上有個石碑，聽說，剛建造時候刻著「西鄉都督遺跡紀念碑」。日本戰敗以後，國民黨遷來台灣，一九五〇年代改爲抗日紀念碑，重新刻了「澄清海宇還我河山」八個字。台灣光復，山區的國語也從日語變成漢語，抗日紀念碑也要用中文寫了。只是，今天看這八個漢字，感覺難免有些彆扭。我當初還以爲「澄清海宇還我河山」是台灣原住民對中華民國政府要求返還土地的。

紀念碑對面則有個石製老台座，在日治時代上面曾有過「制蕃役死病歿忠魂碑」。一八七四年的牡丹社事件，排灣族陣亡者有三十名，日軍犧牲有十二名。打仗打贏的日軍，卻在後來占領戰區的五個月內，竟有五百六十一個人由於瘧疾等熱帶病去世，很有需要建造一座紀念碑的。石門村入口處的壁畫中出現的「忠魂碑」應該就是這個，台灣光復以後被拆掉，現在只留下台座了。

日本的歷史書，一般解釋牡丹社事件的意義在於：讓清廷以及國際社會承認了琉球屬

1

1. 石門古戰場抗日紀念碑

於日本。有關台灣的記述，此後整整斷絕二十年，直到一八九五年在馬關條約談判中，日方全權代表伊藤博文提出割讓台灣一事，日本國民才重新想起來琉球南邊那「生蕃」跋扈的島嶼。台灣當地的記憶則是完全另一回事。西鄉從道率領的新式軍隊攻擊瑯嶠，使清廷發覺了日本對台灣有侵占領土野心，問題極其重大而且充滿著緊急性，因此趕緊採取了具體措施。我們坐的車子，從石門古戰場先回車城，從那兒沿著台二十六號省道往南開一段路，馬上就看見了古老的城牆。那就是牡丹社事件時期被派到台灣來的欽差大臣沈葆楨，為了防止日本軍再度侵襲，奏請朝廷在此地設置縣府，一八七九年竣工的恆春城。

恆春古城

我最初想去恆春一遊，因為這兒是「海角七號」的主要背景。聽說，幾個電影場景後來成了旅遊紅點。主角阿嘉本想在台北做個搖滾樂手，可是奮鬥十五年都沒有成功（「雖然我真的不差」！），最後放棄夢想，罵了一聲「×他媽的台北」，並騎上摩托車，從北到南縱貫台灣，終於回到的故鄉，居然是被城牆圍繞的恆春鎮。那鏡頭令人頗感意外：台灣還有城牆圍住的老鎮嗎？我還以為清朝時期建造的圍牆，到了日本統治下統統給拆掉了。偏偏在台灣最南邊的恆春鎮，直到二十一世紀的今天都保留著城牆，而且居民當中既有漢人又有原住民，多民族、多語言、多文化的恆春多麼有意思！——這就是我看電影以後產生的天眞印象。

但是，我萬萬沒有想到：那圍牆，其實是爲了對抗日軍攻擊，十九世紀末才建設的。以往只有原住民生活的琅嶠，開始遷入大量漢人，也是設置了恆春縣以後的事情。「海角七號」偏偏以此地爲背景，描繪了兩對台日情侶分隔六十年展開的兩則愛情故事，竟成爲台灣歷史上最賣座的華語電影。我的天！

從台二十六號省道，通往恆春鎭的入口處，有個巨大的月琴模型。影片裡的重要登場人物茂伯，經常彈著月琴唱老歌。但是，我本來也不曉得：恆春鎭是聞名全台的「月琴之鄉」。眞慚愧自己的後知後覺。

跟望月一樣圓圓的木造彈弦樂器月琴，發祥於中國大陸，流傳來台灣以後，發展成獨特的二弦琴，在全島各地頗爲流行。彈著月琴說唱的恆春民謠，以閩南話爲主的歌詞中還攙雜著排灣語，小調旋律令人傷感。聽說，一九六〇年代，恆春鎭的盲人陳達說唱的〈思想起〉系列作品，被台北來的音樂學者「發現」而灌錄唱片，轟動過一時。後來在恆春，連小學生都學彈月琴，唱民謠了。因此，人行道鋪的瓷磚和電線桿的裝飾圖樣，都採用了月琴形狀。

恆春鎭的人口大約有三萬。在台灣多數人的心目中，這裡的形象似乎是：漢人和原住

1. 恆春城西門
2. 阿嘉的家

民混居的窮鄉僻壤，因為土地不肥沃，而且冬天常颳落山風，所以當地居民非得到東部打工掙錢去。不過，現實中的恆春鎮，出人意表，是可圈可點的好地方，會教許多日本小鎮羨慕死了。

首先，街上密密麻麻的小商店、小館子，都還生存著，沒有倒閉。反之，在日本，小地方的小商店都在二〇〇〇年代全球化的衝擊下，被淘汰得差不多了。在恆春，好多個人商店（而不是連鎖商店）鱗次櫛比，一些老字號門前還人龍不斷的。再說，除了台灣風味館子以外，還有洋氣可愛的麵包店啦、咖啡廳啦、泰國菜館啦、比利時啤酒屋啦。這麼小的地方，怎麼會有這麼多種餐館呢？不會全是電影效應吧？你看看，比「海角七號」早修建的紅磚頭恆春老街，就充滿著古早台灣的人文氣味，挺不錯的。

恆春鎮最大的賣點，暫時還是「海角七號」場景。我們首先到阿嘉回鄉時候經過的西門，也就是友子和外籍模特兒們坐的小巴無法通過的那城門去。下車參觀，門眞的不高，跟民房二樓差不多。但是，上邊設有炮台，果然是認眞為防禦日本軍隊而建設的堡壘。城牆保存得相當好，居民們至今看著它日復一日。他們會不會偶爾想起來，當初清廷是為何建了這城牆的？

跟著，我們去了阿嘉的家。在影片裡顯得很寬闊的房子，實際上只有印象中的一半而已，用油漆刷得雪白發亮。房子門前坐著一對中年夫婦，乃這裡的房東，擺著鑰匙鎖、明信片、海報等電影紀念品出售。自己的房子被導演看中而成爲電影場景，改變了一家人的生活狀況；他們顯得很滿意，很驕傲。付了點錢，就能夠拉開友子扔皮鞋弄破的那玻璃門進去。到了裡頭，亦可試穿阿嘉的郵局制服啦，試戴友子的遮陽帽啦，也可以脫鞋子上樓梯到阿嘉的房間去參觀。二樓有房東夫婦的可愛女兒値班，只要我們稱呼她「姐姐」就會幫忙拍照。我們參觀完後，購買幾樣小紀念品（一人一個「海角七號」鑰匙鎖），接著走一百米路，到阿嘉上班的郵局去。

到了中午，肚子餓了，經司機介紹，我們到老街廣場邊的一家麵館吃飯去。小小的館子裡只有十多個位子。不鏽鋼廚房非常乾淨，處處發亮，讓人放心吃東西。麵條有細的、粗的、意麵、油麵、雞蛋麵，還有米粉、粉條等好多種，有點像香港以前流行的車仔麵館。小菜也不少：有滷蛋、滷腸、滷肝、滷豆腐、青菜等等。

店裡的客人，好像都是當地人。他們的膚色和體格都五花八門。這兒果眞是漢人和原住民共居的地方了。不過，據人口統計，恆春鎭居民中原住民占的比率不到百分之三。因此我估計，這裡有平埔族血統的人相當多，雖然外表有點不一樣，但是他們卻把自己視爲漢人的。我從麵館走出來，看到斜對面有家米糕店。有機會，也很想去嚐嚐。

1. 老友子的家

南台灣的滿州

從恆春鎮，我們再坐上車子往滿州鄉去。「滿州」是排灣語地名，之前的中文標記是「蚊蟀」，可在日本統治下的一九二〇年更改為「滿州」了。當時，日本早已經在日俄戰爭中打敗過俄羅斯，獲得了大連、旅順的租借權和南滿州鐵道以及附屬地（包括煤礦）的經營權。在台灣南端出現「滿州」這樣的地名，應該是從中國東北的「滿洲」得到了靈感的。想想把台灣割讓給日本的清朝是滿洲皇朝，這取名實在充滿著諷刺意義，何況這裡也算是一切的事端牡丹鄉事件現場範圍之內。

在「海角七號」裡，國寶級月琴手茂伯住的房子在滿州鄉。阿嘉最後送包裹去的，老友子住的家也在滿州鄉。聽說，電影剛上映爆紅的時候，很多影迷特地來滿州尋訪過老友子家，使得房東乾脆開「友子阿嬤家」民宿讓遊客過夜。可惜，我們去得太晚了。這時候民宿早已經關門，大門上著荷包鎖。鄰居告訴我們：「如今只有週末才開門呢。」

滿州鄉比恆春鎮小得多，人口才八千六百，其中約四分之一，兩千兩百人是原住民。雖說是小地方，滿州鄉的街道、建築都很有風格，整體感覺好瀟灑。影片裡勞馬和父親歐拉朗上班的警察局，其實就在老友子阿嬤家附近。這所警察局的設計，像是台南警察局的迷你版本，挺好看的。

「海角七號」的登場人物個個都很有魅力。其中，給我留下了最深刻印象的就是原住民警察父子歐拉朗和勞馬，都由排灣族音樂家（丹耐夫正若、民雄）飾演。過去日本占領台灣，是從牡丹社「制蕃役」開始的。殖民統治時期，總督府透過駐山區的警察支配了原住民。後來國民黨政權遷台，管治安的警察也屬於統治階層。以前在台灣電影裡出現的警察一定是講國語的。「海角七號」的魏德聖導演塑造出了原住民警察父子這樣的角色，可以說是台灣電影史上大突破，讓外地觀眾（包括我本人在內）大開眼界：台灣的權力結構以及原住民的社會地位都跟以往確實不一樣了。

影片裡，勞馬和歐拉朗除了說國語以外，也用母語唱歌，對於老人家茂伯則講台語，顯然會講多種語言的。兒子勞馬血氣方剛感情豐富，父親歐拉朗則特別低調少說話，甚至總是顯得稍微寂寞；這區別似乎是他們生長的年代和社會環境之不同所導致。聽著歐拉朗演唱排灣語歌曲，我注意到歌詞裡的一些單詞源自日語，例如「koba」（工場），還有「Taihoku」（台北）。估計日本占領台灣之前，原住民的生活知識中既沒有工場又沒有台北。

之前，我並沒有尋訪電影景點的習慣。但是，看了「海角七號」以後，覺得非去不可。如果沒有看「海角七號」，我恐怕不會到恆春半島來。曾經聽說過台灣最南端的墾丁開發出度假區了，但是總覺得交通不方便，不容易去。即使來了，大概就直接前往墾丁度假飯店了。那樣子，還是不會發現月琴之鄉恆春、安靜瀟灑的滿州鄉，以及牡丹社事件的古戰場和排灣族公主開的店。影片中，閩南人、客家人、原住民角色一起推動著故事，教我發覺：原來南台灣的文化面貌這麼地多姿多彩。訪問電影景點，其實有點；去了阿嘉的家也見不到阿嘉，更不可能碰上友子喝醉酒後來跟他過夜。儘管如此，被電影帶路去現場，順便學學當地的歷史和地理，我認識到了許多本來連想像都沒想像到的事情。

巴士海峽

從滿州鄉中心區到太平洋邊，開車只是十來分鐘的路程。屏東二〇〇甲縣道到頭的地方，就是從西邊沿海繞過來的台二十六號省道末尾了。這一帶的海拔很高。最高處有軍隊基地的巨大雷達。四周是綠色的草原。站在高處，往東眺望，腳下就有太平洋了。這裡的大海跟天空一樣大。我們把車子停在龍磐展望台，在草原上坐著，躺著，觀望藍色的大海，盡情享受眼福。正逢陽曆大除夕，展望台上趕忙搭建著臨時舞台。聽說，這裡午夜要來許多年輕人，一起喊倒數慶祝元旦來臨，並且等待二〇一〇年頭一天的旭日。

山崖上，落山風颳得比平地還要厲害，我們差一點就被颳進太平洋去了。匆匆上車避風，司機則踩油門發車，沒幾分鐘工夫，前方出現了另一片大海：巴士海峽。我們終於到了台灣最南端，對面就是菲律賓領海了。道路自然轉彎，沿著墾丁大街繼續往西開，一路上看得見藍色的南海和白色的沙灘。這兒就是「海角七號」最後舉行演唱會的地方。拍攝了電影的夏都飯店，外牆上大寫著「海角七號」，果然是大名勝了。不到十分鐘，我就看見了台灣海峽。恆春半島三面瀕海，由太平洋、巴士海峽、台灣海峽構成了天衣無縫的藍色綢緞。我被風景之壯大美麗所震撼，說不出話來了。最後我們在白沙海灘上脫鞋走走。就是在這裡，阿嘉抱住友子說了「留下來，或者我跟你走」的。

台灣人過元旦前夕，大概是受了西方影響的吧。爲了在天涯海角迎接新的陽曆年，許多年輕情侶、夥伴們從台灣各地擁來，墾丁大街下午就開始堵車了。大街兩邊是一家挨一家的度假飯店、民宿、餐館、紀念品店。路邊的攤販也非常多，賣著各種零食和T恤等紀念品。

今晚和明晚，我們要住墾丁福華大飯店。在大門下車，跟司機先生告別，一進大廳就看見了排灣族獨特的人物木雕。我特地跟前台工作人員說：想住在有海景的房間。好不容易到巴士海峽來了，絕不可以錯過海景。果然，進入客房拉開窗簾，就看見了戶外游泳池和巴士海峽的雙重水景。

墾丁福華是一家設備齊全的度假飯店，除夕夜，年輕遊客可不少，熱鬧非凡。院子裡的游泳池邊，晚上十一點鐘也開幕了除夕派對。一群年輕的男男女女，唱歌呀、跳舞呀，好興奮的。我們房間裡的電視機，則轉播著日本放送協會電視台（ＮＨＫ）在每年的大除

1. 墾丁福華飯店

夕都播放的例行節目「紅白歌合戰」、「去年來年」。身在熱帶海邊，觀看螢幕上的古刹被雪掩埋的景色，日本眞是遙遠的北方國家了。在這南方島嶼，沙灘上放的高空煙火整夜都沒有停下來。

鵝鑾鼻燈塔和墾丁小灣

二〇一〇年元旦在飯店餐廳吃完自助餐早餐，乘坐公車前往鵝鑾鼻燈塔。大巴士有從高雄來的，有從屏東來的，班次相當多，夠方便。從墾丁大街到鵝鑾鼻燈塔，大約有八公里路，我們無車族走過去太遠，騎車也會很辛苦。兩層大巴士，倒坐得好舒服。

鵝鑾鼻燈塔建造於一八八二年，比恆春城晚三年。琉球船隻在附近擱淺，跟原住民衝突竟引來了牡丹社事件，清廷決定委託英國工程師蓋座燈塔。十三年以後，清朝把整個台灣島割讓出去，日本接收以前鵝鑾鼻燈塔就遭破壞，只好由殖民地政府重新裝修一番了。這座燈塔位於當年大日本帝國的最南端，被列舉爲「台灣八景」之一，後來的裕仁天皇還是皇太子的時候就來此地參觀過。

今天的鵝鑾鼻燈塔，是環島旅遊團坐著遊覽車必定光臨的名勝。公園內的通路兩旁有賣貝殼首飾、水晶雕刻等禮品的攤子。淺綠色的草坪、深綠色的熱帶森林、藍色的大海、白色的燈塔，眞是美如一幅畫。唯一礙眼的是距離不遠的南灣核三廠。森林中修有好幾條路。與其說是散步道，倒不如說是探險家的足跡了。兩邊繁茂的熱帶樹林，葉子大得好嚇人，路邊還有「小心毒蛇」的牌子呢。望著大海，我心想：古代的人們不知道國境爲何物，更沒有甚麼護照、簽證之類，隨著海流，自由自在地，從一個島嶼航行到另一個島嶼，也從沒想過占領哪塊陸地的。

我前些時候看了日本一九四〇年左右的國策宣傳片「南進台灣」。旁白把寶島說成日本人通往南太平洋的踏腳石。影片裡出現了鵝鑾鼻燈塔的鏡頭，有個日本軍人拿著望遠鏡，眺望南方海面。影片也介紹當年日本人畫的地圖，在各個南方島嶼上都寫著石油、錫、橡膠等天然資源的名稱。顯而易見，帝國主義者不把當地居民放在眼裡，卻專門注目有甚麼經濟利益可得。

從鵝鑾鼻燈塔，我們回到福華飯店，通過墾丁大街地下的隧道，往小灣海灘去。這是很浪漫的白色沙灘，基本上由福華和隔壁的凱撒兩家飯店獨占使用。但不是排他性的，有些人在大街上停車，走下台階到海灘來玩水。雖說這天是一月一號，墾丁的氣溫高達攝氏二十四度。許多遊客都赤腳走進海水裡玩耍，也有一些人乾脆換穿泳衣跳進水裡游泳。陽光好強烈。陽傘的租金是一天三百塊台幣，換成日圓則是九百塊。還可以吧？何況，老闆

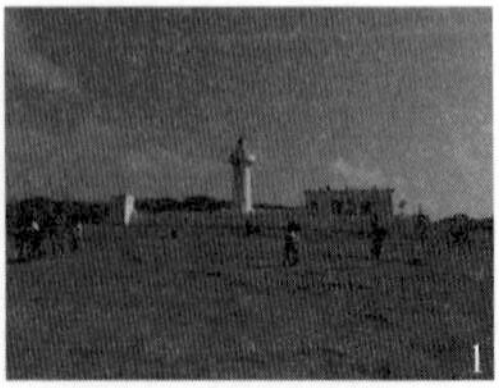

1. 鵝鑾鼻
2. 鵝鑾鼻燈塔公園

還讓我們用塑膠椅子和桌子。剛才在飯店裡的7-ELEVEN便利店買的飯糰和滷蛋，也有了桌子、椅子就更方便吃了。不過，台灣遊客一律覺得三百塊貴得離譜，除了我們以外沒人肯打開錢包。

海灘上有一對台灣男女，是醜男和美女的組合。看來，那男的從來沒帶情人到海邊玩過，只懂得教美女往海水裡扔石頭，一教就是大半天了；美女極其不開心的樣子，卻一直陪伴他，是另有目的吧？還有一對男女，大約都三十歲左右，看來是夫婦，雙雙走到我們面前來，先生要用日語說話。他說正在上課學，太太教他趁機實地練習的。然而，這位先生說的日語，實在差得可以了，簡直令我們目瞪口呆。如今在台灣學日語的人可不少，但是總體水準並不高，跟日治時代受教育的一代是截然不同的兩碼事。老一輩台灣人會說流暢日語，顯然是強制的結果。

曬太陽曬夠了，我們回飯店去。元旦日下午，院子裡的戶外大游泳池沒有其他人。水有點冷，好在附設著Jacuzzi泡沫熱水池，可以悠然泡在裡面觀看巴士海峽的迷人風景。在熱帶迎接新年別有味道，感覺冷了就去室內三溫暖吧，那邊是男女分開的「裸湯」。

恆春鎮夜晚

墾丁是台灣的夏威夷，有美麗海灘和大眾遊客。街上密密麻麻的餐館，很多都賣泰國菜、韓國菜等外國風味。我們偏愛老台灣味道，於是決定去恆春古鎮吃晚飯。從墾丁大街到恆春古鎮，如果交通順利的話，應該二十分鐘就能抵達的。可是，元旦假期路堵得厲害，我們在車上花了將近一個鐘頭，巴士終於到了恆春城南門。在沒有鐵路的海角，公車的地位相對高，恆春轉運站顯得很有威嚴。

天黑以後的恆春城，感覺跟昨日白天來的時候又不一樣。電線桿上的月琴圖樣，被路燈照得很有味道，充滿著古鎮的氣氛。沿著磚頭鋪的恆春老街逛逛，著名的鴨肉冬粉店門前大排長龍。在開放式廚房，老闆額頭上流著汗，不停地揮刀剁烤鴨。大多人要外賣，店裡坐的人不很多，但是在店裡吃都要排隊買的。我們本來很想吃，但是人龍實在太長了，只好死心。

恆春雖然是個小地方，餐館種類倒滿豐富，有的是選擇。我們決定在大馬路邊的「屏東牛」就餐。入口處有擺著牛肉的玻璃冰櫃和切肉台，有位看起來六十歲左右的老闆細心切著牛肉。他做事特別認眞，紅色的牛肉又非常漂亮，令人好期待。招呼客人的好像是老闆娘，另外有個原住民模樣的小姐送菜、收盤。

我們到裡面坐下來，看看貼在牆上的菜單。這家果然是名副其實的牛肉店：有炒牛肉、牛肉麵、牛腩麵、牛肉飯、牛腩飯、牛肉鍋等等許多種牛肉料理。光是火鍋就有牛肉鍋和牛腩鍋兩種。我們先要了牛肉鍋，乃沙茶醬湯底的涮牛肉。屏東牛肉質很嫩，再配上

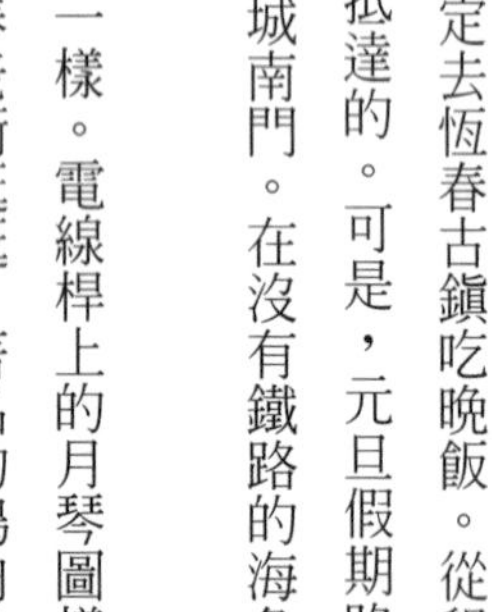

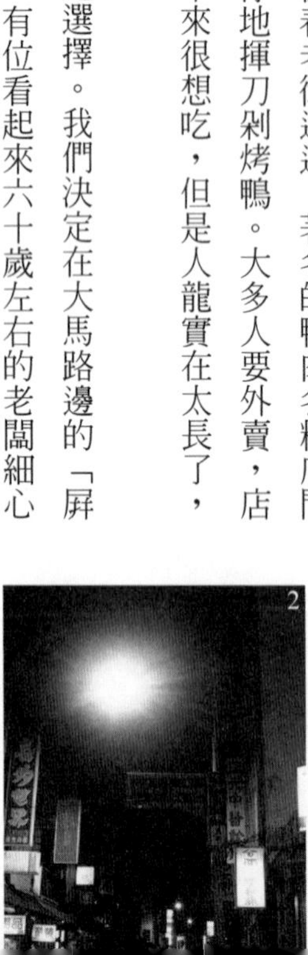

1. 恆春航空站
2. 恆春老街

高麗菜、豆腐等，吃起來清淡不膩，我們一下子就吃光了一整鍋。於是又點了牛腩鍋，沒有想到，不僅材料不一樣，連湯底也不同的。這次小姐送來了小型圓鍋，裡面盛著已經燉好的牛腩塊；有咬勁，別有味道，很不錯。但，總的來講，我們還是比較喜歡涮涮吃的牛肉鍋。店裡的客人有年輕情侶、小家庭三口子、老夫婦，都很有修養，高高興興，安安靜靜地吃完一頓飯就離開。只有我們喝著台灣啤酒，有點落後似的。

走出屏東牛，沿著老街隨意走走，看到「阿伯綠豆蒜」甜品店。恆春特產綠豆蒜，其實跟蒜頭根本不相干，實際上是綠豆沙湯。有熱的也有冷的。天氣暖和，好舒服，我要了冷的。南台灣這幾天，天氣很好。一月一日晚上，吃完屏東牛肉鍋以後吃綠豆沙刨冰，可以說是一種很踏實的幸福。時間不早了，街上的行人卻相當多，滿熱鬧的。我想像：如果能夠在恆春鎮待上幾天，每天都到不同的店吃飯、吃甜品的話，多麼好啊。

恆春航空站

中午，我們到櫃檯退房，坐飯店專用的接送車子去恆春航空站。

小巴的乘客只有我們四口子。也不奇怪。恆春航空站是全台灣利用人數最少的機場。每個星期只有兩班小飛機在台北—恆春之間往返而已。加上冬天由於落山風，機場經常被迫關閉。結果，恆春航空站的利用率才百分之五，工作人員經常多於乘客。我們本想多逗留幾天，但是要坐飛機回台北，非今天動身不可。否則的話，坐巴士到高雄再搭高鐵，路上要花上大半天了。

恆春航空站位於車城，太平洋戰爭前夕由日本軍隊強制接收，改爲民用機場是六十多年以後民進黨執政時期（二〇〇四年）。畢竟每年都有六百萬人到墾丁國家公園遊覽，需要爲遊客提供方便。最初預期，開張十年以後，每年將會有十七萬人利用。可是，實際運用起來，每年的利用人數不到五千。聽說，有人提出：乾脆關門算了。對沒有鐵路的恆春半島來說，航空路線是難能可貴的交通手段，策劃階段的目的也曾包括爲居民提供高度急救醫療的。作爲恆春半島迷，我衷心希望這個機場能夠生存下來，但也明白，浪費稅金的譴責又不是沒有根據的。

這個機場也是在電影「海角七號」裡，歌手中孝介著陸的地方。他是日本鹿兒島縣奄美大島出身，琉球大學畢業的。中孝介的故鄉位於日本最南邊的南西群島，由多數日本人看來充滿著「異國情調」。在影片裡，他飾演了自己，即「恆春半島位於台灣邊緣，鄉下沒有音樂人才，爲了舉行演唱會，特地從日本請來的歌手」。實際上，恆春古鎮是聞名全台的「月琴之鄉」，該不缺乏音樂人才。只是，此地離台北很遠，而且認知上的距離比實際距離還要遠，恐怕大家都覺得：恆春人成爲全島明星不可能，不實際。再說，用月琴伴奏歌唱的恆春民謠，大概也不會受台北人歡迎的吧。

影片裡，中孝介的粉絲們擁來恆春機場迎接他。也有一個鏡頭是，友子在原住民商店購買排灣族傳統琉璃珠首飾。但那商店純屬虛構，現實中並不存在。現實的恆春機場安靜極了，連賣飲料的小賣部都沒有，台灣到處都有的7-ELEVEN也沒有。不過，毫無疑問，恆春航空站是一個乾淨、舒服的小飛機場。我們要坐的台北班機，有許多空位，到起飛時刻一直在賣票。自己走上舷梯，繫好了安全帶。往台北的飛行時間為七十分鐘。雖說是午飯時刻，飛機上只分給一人一瓶蒸餾水，沒有東西吃。機艙裡的廣播，首先用台語，其次才用國話。

在南台灣旅遊一個星期，我對台灣南部的人和風土產生了很深刻的感情。飛機要起飛的時候，我不想走，甚至有點要哭了。我終於發現了除了台北以外的「另一個台灣」，實在捨不得。從二〇〇九年年底到二〇一〇年初，南台灣幾乎沒有下雨，天氣一直很好，連遇上落山風都對理解當地氣候有幫助的，非常感謝台灣老天爺作美！

【南北紀行──台北篇】

每次離開以前

這裡沒有萬里長城、天壇、頤和園。

很多很多東西，在別處絕對找不到，只在台灣有，而教人永遠愛慕、懷念。

恆春—台北—北京

二〇一〇年一月二日，我們從台灣最南端的恆春飛到了台北松山機場。跟乾燥舒適的恆春半島相比，冬季台北相當潮濕，給人寒風刺骨的感覺。也許是一切都濕淋淋的緣故吧，台北顯得很現實。相比之下，在南台灣待的一個星期更像一場夢。猶如忽然被吵醒了一般，我有點不服氣。台灣島內航班一律不提供餐飲服務。我們坐了中午的班機，結果一路上挨著餓。幸虧松山機場有自助式餐廳供應快餐，我們四口子趕緊點了牛肉麵、排骨麵、日式拉麵、鰻魚飯。味道都挺不錯，只是價錢比南部貴得多。剛剛離開風光、人情均明媚的恆春半島，大概世界甚麼地方都要顯得遜色了。

吃完飯，我們就搭計程車前往飯店。位於捷運北投站對面的公寓式酒店，已經住過幾次了，在我以往的印象中，乃以西方、香港遊客爲主的地方。未料，這次一走進飯店大廳，就有牌子迎接我們：「歡迎北京××學院一行」。我一時目瞪口呆，不知道自己身在哪兒了。

大陸人開始到台灣來，已經有好幾年了。二〇〇八年以後，在台灣網頁上經常看到「陸客」兩個字了。我也知道自從二〇〇九年八月起，大陸－台灣之間有定期的直航班機往返了。儘管如此，面對「歡迎北京××學院一行」的牌子，我還是需要一點時間，才能夠把自己的觀念調整過來。

畢竟，我還清楚地記得：一九八四年夏天，第一次到台北來的時候，每輛公共汽車上都貼著通告說：檢舉匪諜，人人有責。我之前已去過大陸，日本護照上有中華人民共和國邊檢的蓋印，而且說起漢語來有點北京腔的，會不會被誤會爲匪諜遭檢舉呢？那通告眞教人提心吊膽。當時，我也不清楚，到底在台灣可不可以說我是在「北京」學的漢語？因爲那年的中華民國地圖上，首都還是南京，「北京」則被稱爲「北平」的。四分之一世紀過去了，台灣飯店公然擺出牌子來歡迎北京××學院一行，我不能不感到目眩。

迪化街

晚上，跟一個當地朋友有約，特地請她帶我們去迪化街逛逛。很多年以前就聽說過，台北人過農曆年前都到這兒來買年貨的。但是，朋友倒說，她從來沒踏足於這條街。「我是在台北東區長大的嘛。」聽她有點無奈地那麼說，我才曉得了：位於市內西北區淡水河邊的迪化街，屬於老台北，以二十一世紀的標準來看是落後、低級，甚至危險的。儘管如此，我還是堅持要去迪化街，一條追溯到清朝末年的歷史性繁華區。

從捷運雙連站搭計程車過去，一下車就聞到了南北乾貨特有的氣味。二十世紀初建設的仿巴洛克一條街，採用著台灣所謂的「亭仔腳」形式，人行道上面有商店二樓擋雨的，走在下面不用打傘，特別合適於多下雨的亞熱帶，合理得令人佩服。古老的迪化街，顯然很多年都沒有進行裝修，整個門面都相當破舊了，但仍然看得出來曾經是多麼瀟灑、時髦的地方。聽說，當年的超級紅星李香蘭到東京引起了轟動以後，來台北開演唱會的劇院就在這兒。朋友說，現在台北市政府已經決定把整條街作爲古蹟保留下來復原了。可喜可賀。

迪化街分成幾段，有布店區、中藥行區、南北貨行區。我們到得晚，時間不多，決定就走走南北貨行集中的一段了。有好多商店賣著大量瓜子、花生米、香菇、干貝、海蜇

1. 迪化街
2. 欣葉的鹹蛋肉餅

皮、魚翅、烏魚子、人參、糖果、餅乾，應有盡有，琳琅滿目。很多貨色在日本只看得到塑料袋裝的小包，在這兒倒是堆成小山賣的，而且價錢好便宜，令人興奮至極。

台北朋友卻拉著我的袖子小聲說：「我們是不會到這種地方來買東西的，來路不明嘛。像有些烏魚子，根本是假的，用其他種魚的蛋冒充的呀。你尤其得注意大陸貨。」她用手指一指商品櫃上貼的生產地標記給我看。非常感謝朋友好心的勸告，但我還是想買點東西帶回日本，作爲來過迪化街的紀念。於是選了一包櫻花蝦、鹽小卷和半斤開心果，售價才日本的四分之一而已。另外在雜貨店，我也挑了個油炸食品時用的鋁製大漏勺，在日本是買不到的。

從迪化街，我們到新光三越百貨公司樓上的欣葉台菜餐廳。鹽水鵝肉、鹹蛋肉餅、菜脯蛋、紅燒大腸、漬蜆仔、酥炸蚵仔等等，本來都是樸素的家常便飯，在這兒翻身爲名貴菜餚，樣樣都很可口。我之前沒吃過潤餅，乃裡面捲有肉鬆、花生粉等，稍微帶甜味，很好吃，據說原來是專門在清明節吃的寒食。

我朋友是大學中文系的教師，年紀四十出頭，未婚而跟父母一起生活。她姐姐則已婚，爲了自己帶孩子，放棄事業做全職母親的。台灣女性的處境跟日本很相似；大家要嘛選擇事業，或者選擇家庭，很難兩個都要。我問她最近台北如何。她說：「到處都是『陸客』了，吵鬧得很。他們的樣子教我們想起來台灣曾經還很貧窮的年代。今天我們已經過了那個階段嘛。現在看他們，不能不臉紅的。」說的也是，如今的台灣人眞是個個都很斯文了。

故宮博物院

早晨在飯店附設的餐廳，有一看就知道是從中國大陸來的一批人吃飯。大概就是大廳擺的牌子歡迎的「北京××學院一行」吧。大陸人甚麼都大：聲音大，個子大，西服大，領帶大，飯量大，場面也大。一行中，只有一個年輕女性，打扮、化妝都全球化，跟台灣、香港、東京的同代人沒分別，自己看著手機默默地吃早餐。其他人則像上演著群眾戲劇一般。大姐的頭髮怎麼像通電了似地爆炸著呢？大哥們怎麼個個都邊說話邊不停地把直髮往上攏？這家餐廳供應西式、台式、日式的早點套餐，一人點一份就夠了。他們卻多叫了個沙拉，結果小桌子上沒有地方放下盤子了，只好把沙拉盤推來推去，大聲喊：「你吃吧」「我不吃」「這挺好吃的，你試一試」「我眞吃不下了」等等。我估計，他們的所作所爲，基本上跟平時在北京沒兩樣，也許到了外地，稍微興奮了點罷了。總之，並沒有惡意，就是缺乏入境隨俗，拉下嗓門的念頭。

吃完早餐，我們坐捷運到士林站，搭計程車往台北故宮博物院去。在北京，我去過幾次故宮，一直以為故宮是一個空間，是一群建築物。這天才發覺：原來故宮是寶山。台北故宮博物院展覽著大陸各地挖掘出來的古代遺物、玉飾、雕刻、陶瓷、樂器、書法作品等數不清的寶物。我從來沒看過的種種名品，實在非常多，花一整天也根本看不完。特別是宮廷匠人做的雕刻細得驚人，多重象牙球狀的透雕很難相信眞出於人手。整個博物院的展覽形式包括說明牌的文案、照明角度、耳機功能等，都設計得很周到。如此華麗的寶物，任誰都看得出其價值來，兩個孩子看了半天還想多看，一點都看不膩。

這個優秀的博物院，卻不是沒有缺點。我們中午去本館四樓的三希堂歇一會兒。三希堂是乾隆書齋的名稱，我們在北京參觀過，於是加倍充滿期待的。然而，剛過了聖誕節的日子裡，每個服務員都戴著聖誕老人一般的紅帽子，文化素質太差了。菜單上的茶水、點心都貴得離譜。但最糟糕的是服務員的態度。我敢斷言：他們對日本遊客有歧視。這樣子，來故宮博物院的許多日本遊客對台灣的整體印象定受影響。實在不應該，因為在台灣各地，絕大多數老百姓對日本人非常友好，三希堂服務員的惡劣態度絕不代表全體台灣人的。難道故宮博物院的寶物是為了避開抗日戰爭的軍火從北京一路逃到台北來的，所以工作人員至今對日本人有看法？可不可能？

台北的外省人

晚上赴台北市政府地下室的餐廳參加宴會。由於這天是週日，市政府也休息，整棟大樓都沒有開燈，下午六點就一片漆黑，找個入口特別吃力。幾個台北知己早已到場。把他們叫做外省人也許不妥當了，畢竟在身分證上寫的出生地應該是台灣地名。他們是一九五〇年代出生的外省第二代，認同於鄧麗君、侯孝賢、龍應台。說起國語來，就是跟馬英九一樣的台北國語。至今，他們自稱爲「中國人」，在這層面上，比普通台灣人親中的樣子。但是，作爲原國民黨軍公教人員的家屬，反共意識又比普通台灣人強。

第一次看到他們的群體，我稍微受了震撼；個個都是高個子，白皙皮膚，跟多數台灣人的外貌清楚地不一樣的。我意識到：原來，馬英九的白皮膚，李安、侯孝賢、楊德昌的大個子，都是來自大陸的。

有位教授的父母親剛結婚不久，雙雙來台灣旅遊回不去了，之後一待就是四十年。我想像，他長大的時候身邊連一個親戚都沒有，每年清明節也沒有祖墳可掃。那究竟會是甚麼樣的滋味呢？

其實，在台灣新電影世代導演的作品中，描繪外省人感慨的作品爲數不少。比如說，侯孝賢的「童年往事」、李安的「飲食男女」、楊德昌的「牯嶺街少年殺人事件」和「一一」，主角的生活環境全是沒有親戚和祖墳的外省人家庭。（換句話說，外國人看過的台

1
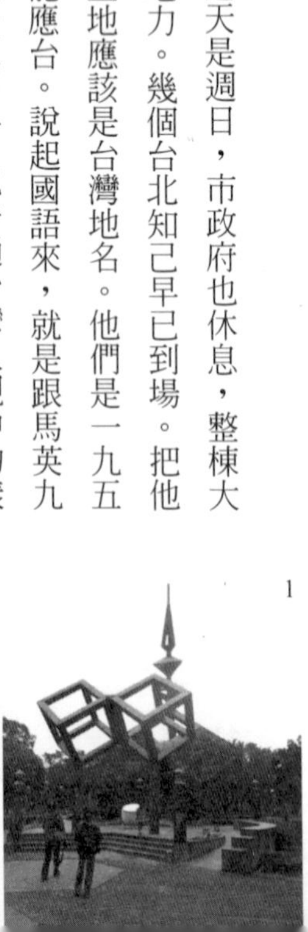

2
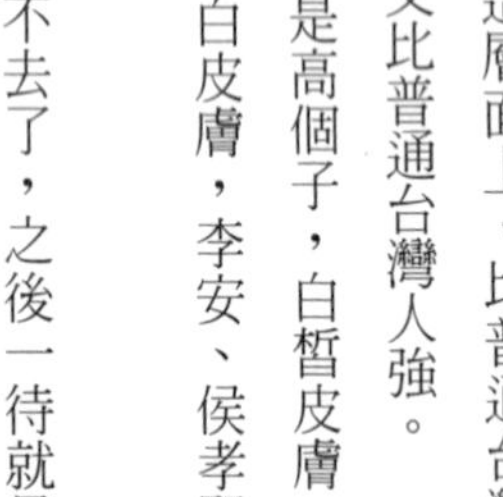

1. 二二八紀念碑
2. 二二八公園的鳥居

灣影片，實際上大多是外省人電影。）看來，沒有親戚的孩子們，彼此之間的感情自然不一般，即使成年以後都像一群小朋友一樣親密。朱天心有部小說就叫做《想我眷村的兄弟們》，標題就直接地說出那深情來。

跟他們一起吃飯、唱歌，我感到一股莫名的寂寞。估計不全是週日的市政府大樓異常寂靜，餐廳裡也沒有其他客人的緣故。他們擔心我們唱的歌兒是不是日本軍歌。怎麼會呢？但是，我也馬上想了起來，在「牯嶺街少年殺人事件」裡，主角的媽媽就是嘆著氣道：「打了八年抗戰，如今住日本房子，聽日本歌。」我都想了起來，楊德昌的電影雖然很華麗但是都有一股莫名的寂寞。

二二八和平公園

台北來過好幾次，但是仍有很多地方沒去過。即使是以前去過的地方，幾年沒去，都變得跟以前不一樣了。比如說，台北站南邊的公園，曾經叫做新公園，乃以白先勇小說《寂寞的十七歲》著名的男同性戀場地。最初是日本治下的一九〇八年竣工的台灣第一座歐洲式公園，當年就具備著露天音樂廳，相當於東京的日比谷公園（一九〇三年創立）。一九九〇年代民進黨陳水扁當台北市長時期，更名爲二二八和平公園，因爲一九四七年二二八事件發生時，向全島人民呼籲起義的廣播就是從公園裡面的舊台北放送局播送出去的。電台大樓如今翻身爲二二八紀念館。公園中間還有個二二八事件紀念碑。

在這七萬多平方米的都市公園裡，其實有不同時代的各種遺物。例如，清朝末年這裡曾有的台北大天后宮，日治時期拆遷時留下了一根石柱。又例如，當年設在台北府衙門前的一對石獅，至今留在公園裡。還有，清代台灣開通的第一條鐵路上行駛的火車騰雲號。位於公園北端的國立台灣博物館對面，有一對銅牛，原來是一九三五年日本施政台灣四十周年之際，當年的滿洲國政府贈送給第十六代總督中川健藏的禮物，最初放在台灣神社境內的。台灣神社舊址，國民黨遷台後蓋了宋美齡當老闆的圓山大飯店，即李安電影「飲食男女」裡的朱大廚上班、楊德昌電影「一一」裡的阿弟辦婚禮的地方。

二二八和平公園裡，另有兩個「鳥居」，即日本神社的牌樓。一個是從日治時代第三代台灣總督乃木希典母親的墓地移過來的，另一個則是從第七代總督明石元二郎的墓地遷過來的。在日本，我從來沒聽說過誰的墓地有「鳥居」，但是在殖民地，喪命於當地的高級官員及親屬果然被奉爲神，把墓地修成神社格式的。只是，滄海桑田是世界的常理。台灣光復以後，從大陸渡海過來的中華民國軍隊缺乏宿舍，乾脆在日本人墓地裡蓋房子住，把甚麼墓碑、「鳥居」統統都當建材使用了。明石元二郎的墓地原來位於當年的台北三橋町墓地（現林森公園），一九四九年以後上面蓋了許多棚屋，久而久之發展成迷宮似的康樂市場了，直到一九九七年終於拆遷違法建築以前，不知有多少人在墳墓上生活過。近幾

1

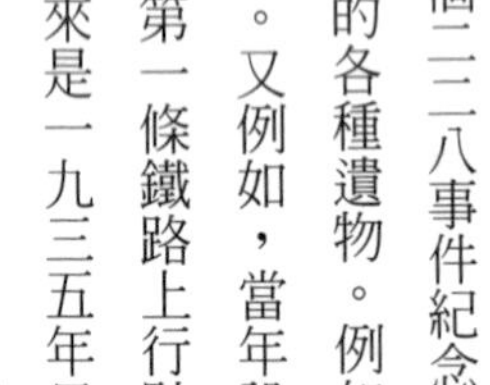

2

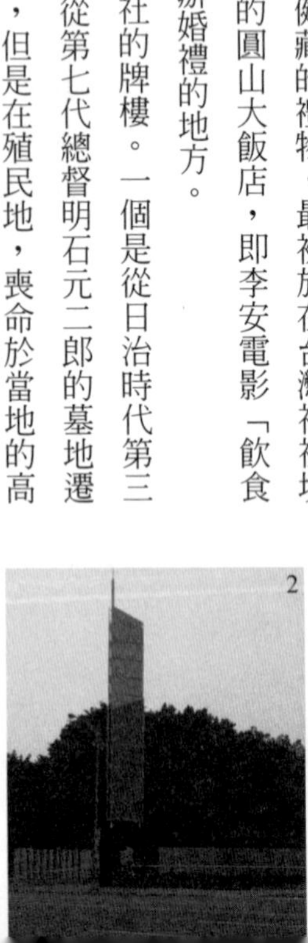

1. 二二八紀念館
2. 白色恐怖受難者紀念碑

年運到二二八和平公園來的「鳥居」已沒有宗教意義，只是作爲日式建築的標本保留下來罷了。

離公園，隔一條路就有台大醫院。舊樓是一九一六年作爲當年的台北帝國大學附屬醫院竣工的文藝復興式紅磚建築，具備著南洋殖民地風格陽台，非常華麗漂亮。這裡就是在侯孝賢電影「冬冬的假期」裡，主角冬冬和妹妹婷婷的母親住院的地方，父親角色則由楊德昌飾演。

不管是白先勇，還是李安、侯孝賢、楊德昌，在藝術領域塑造了二十世紀後半期台北形象的都是外省人及第二代。楊德昌一九九九年的作品「一一」裡，台灣本省人吳念眞飾演的主角ＮＪ講國語和台語，讓人留下了深刻印象。到了二〇〇八年，楊導培養出來的台南人魏德聖拍攝以台語爲主的「海角七號」而樹立了台灣電影史上的紀錄。我無法忘記主角阿嘉的第一句台詞就是「×他媽的台北」。時代是一步一步變化的。

這一帶是台灣的權力核心博愛特區，相當於北京中南海、東京霞關，附近林立著重要的公家大樓。二二八和平公園西側就有台灣總統府，原先是殖民統治時期的一九一九年竣工的舊總督府大樓。其南邊的司法大廈則是一九三四年建成的舊台灣高等法院。公園東邊有接待外國貴賓用的台北賓館，乃殖民地時代的總督官邸。這些歷史性大樓，均爲歐洲式石頭建築，看起來特別正派、雄壯。相比之下，總統府廣場對面站的刀片形金屬牌，反射著南國的豔麗陽光發亮，可以說大放異彩。

走過去仔細看，前邊寫著「白色恐怖政治受難者紀念碑」，竣工日期爲陳水扁政權倒台前夕的二〇〇八年三月。從一九四九年起長達三十八年的戒嚴時期，國民黨政權限制了台灣人的言論自由、參政自由，甚至人身自由，秘密警察的監視網網羅全島，許多民眾以莫須有之罪名被捕、坐牢、槍斃了；那就是白色恐怖。民進黨政權建立紀念碑的目的是悼念無辜的受害者，對後來重坐寶座的國民黨來說，簡直用刀對準喉嚨似的。

總統府廣場前邊的一條路，原先叫做介壽路，乃祝福蔣介石長壽的。當年，不准摩托車、自行車通行，路人則得低著頭行走的。後來在民進黨治下，一取消了交通限制，二更名爲凱達格蘭大道了。凱達格蘭是古時候居住此地的南島語系原住民部族名稱，經過多年跟漢人的接觸、同化，早已消失了。民進黨政權特意以其命名台灣最顯著的一條路，爲的是貫徹空間解嚴的政策。

透過這一趟台灣南北行，我深深體會到：台灣內部的政治對立根本沒有過去。當初的焦點曾是省籍矛盾，進入二十一世紀後，隨著中國大陸的經濟起飛，對兩岸關係的看法則成了新的爭論點。我在南部認識的一家三代人：爺爺、奶奶是地道的台灣人，仇恨國民黨，支持民進黨，明確主張獨立；孩子們一代則受國民黨教育長大，有的跟外省人通婚，

1. 台灣總統府廣場
2. 台大醫院

有的跟大陸做生意，雖然記得白色恐怖時期，如今卻主張「忘記過去，相信未來」；至於孫子、孫女一代，在台灣解嚴、大陸改革開放後出生的，有的已利用「港澳台」名額，去北京重點大學念書，對中國大陸沒有政治忌諱，視之爲自己將飛翔、發展的空間。時代是一定會變化的，最好保持著記憶往前走。

羅斯福路

坐捷運二號線到古亭下車，出來就是羅斯福路了，英文叫做Roosevelt Road，顯然取自原美國總統。台灣光復以後，大體上取消了日本式地名。新取的中文名字，一部分採用了中國大陸的地名，一部分採用了忠孝、仁愛等儒教德目，其他則用了中山、中正、林森等中國人名。把外國人名用來當台灣地名的，只有這條羅斯福路和過去的麥帥公路，清楚地標明第二次世界大戰以後台灣的國際政治處境。

羅斯福路上有大田出版社，過去十年一直替我出書。總編輯、主編都是女性。總編輯的妹妹也是我們的老朋友了，把她叫過來，大家一起吃飯去。

在破破舊舊的日式平房裡，有客家餐廳北埔擂茶。屋頂上的古老瓦片，隨時都會掉下來的樣子。開門進去，店內擺著古董風格家具，仔細看，原來是改造舊式縫紉機做的飯桌。裡面有木頭地板的和式房間，放著兩張矮桌子，總共能容納十個人左右。我們脫鞋上去坐下來，把墊子塞在屁股下。

台灣客家菜我以前沒吃過，跟香港的東江菜有共同的菜式，也有獨特的菜式。例如，炒檳榔花應該是台灣獨有的吧？把檳榔花朵含在嘴裡，白色幼嫩如春筍。客家粄條類似廣東河粉。其他有稍微辛辣的客家小炒、梅干扣肉、清蒸銀鱈魚等。最特別的是餐廳字號中就有的擂茶。老闆娘把擂缽和擂槌送來，裡面放著幾種糧食和乾果。把擂缽安頓在矮桌上，讓客人自己擂呀，擂呀，擂到全粉碎後，再加入抹茶，倒進開水，上面擱點爆米花，方可以吃了。嚐一嚐，既濃又香，與其說是茶，倒不如說是糊，像核桃糊。根據牆上貼的說明書，擂茶是自古在客家人之間流傳下來的健康飲料，既解渴又填肚子，早期是用生米、茶葉、生薑做的。

永康街

永康街，我早就聽說過。老大才兩歲的時候，楊澤夫婦請我們吃江浙菜的地方，好像也在永康街。當時他講到的七號公園，就是後來的大安森林公園吧？永康街這些年似乎愈來愈紅。我一直以爲那兒是台北的原宿。但是，總編輯卻曰：「應該是吉祥寺吧？」這樣說來文化氣息濃厚得多了。

1. 擂茶
2. 炒檳榔花

從古亭十字路口，她帶我們走「飲食男女」中的和平東路，經過台灣師範大學校園後，在高級住宅區中間看到了一家又一家有趣的文化商店。先看了一家名爲昭和町的古物店，賣的都是二十世紀的雜物，包括老家具、商店招牌、電影海報、老唱片。除了台灣當地的東西以外，還有日本和美國的，反映著上世紀台灣的文化狀況。（我回國後打開老地圖發覺；那一帶曾在日治時代眞叫做昭和町的。）

我們接著去了青康藏書房，乃原《自由時報》記者不久以前開張的人文書店，既賣新書又賣舊書，品味滿高的。店裡擺放著一架鋼琴，讓客人自由彈彈，老闆說是爲了製造文化沙龍的氣氛。我家的鋼琴手們一聽就特別高興，開始演奏莫札特了。走一趟台灣之旅，這是我們第二次碰到店裡擺放著鋼琴。第一次是前幾天在恆春半島牡丹鄉，原住民排灣族的公主開的手工藝品店裡。我本來打算，買書要在誠品書店一口氣買。但是，這裡有別處難找的舊書。例如，日治時代的台灣客籍作家鍾理和的全集。一九三〇年代，鍾理和跟同姓女朋友的婚姻未能獲得家中長輩的認可，兩個人雙雙去尋找未來的地方，竟是當年的滿洲國。他把自己的經驗寫成小說《原鄉人》，由李行拍成影片的作品我看過。可是，小說一直都沒找著，在這裡居然遇到了，怎能不買呢？

從青康藏書房出來，我們去了大大樹音樂圖像公司。我記起來了，幾年前經總編輯介紹，把台灣客家音樂的歌詞翻譯成日語。那張ＣＤ就是這家公司製作、發行的。在台灣推廣世界音樂的大大樹，看來是女性負責人自己經營的公司，另外只有一個同事在裡面埋頭做事。他們的辦公室特別舒服，既像居家，又像咖啡廳，也像藝術家的工作坊。充滿著東南亞味道的家具，如竹凳子、竹沙發、木櫃等，都是負責人撿來的。「或者別人搬家，不再需要的東西，都送到這裡來的。」其中，最教人驚喜的是（你猜！）一架老鋼琴。怎麼台灣到處都有鋼琴呢？負責人說：「最近還有一架鋼琴朋友不要的。你要不要買？一萬塊就可以的。」而且她正在策劃的客家音樂專輯，竟然是跟鍾理和子媳合作的。到了永康街，我懂得了：人生就是巧合的別名。

在這家公司，老闆自己泡咖啡給客人喝的。這兒原先是甚麼人住的房子吧，辦公室一角仍有大廚房，牆上弄了酒櫃，負責人說是朋友們帶來的酒就放在那兒的。我發現有一瓶金門二鍋頭。喲，金門也有二鍋頭嗎？我還以為北京才有的。「你想喝點嗎？」負責人問道。哪裡有這樣的公司？有鋼琴，有咖啡，還有金門二鍋頭喝。如此舒服的地方，我完全可以永遠待下去了。總編輯說得沒錯。永康街是台北的吉祥寺而不是原宿。真沒想到台北原來這麼波西米亞。

台北一〇一

上次來台北的時候已經有一〇一，但是我沒有興趣。對「世界最××」之類的景點，

1. 台北一〇一擺的公仔
2. 金門的二鍋頭

我一般都敬而遠之的。這次不一樣。中東杜拜塔，正是我在台北的三天裡要啓用，將把「世界最高」的榮譽從台北手中奪取的。這麼一來，我忽然偏向於台北一〇一，非去不可了。

台北一〇一觀望台上的遊客，幾乎全都來自中國大陸。這兒的門票挺貴的，加上這天天氣多雲，視野不會非常好。儘管如此，對參加團隊來台灣環島旅遊的大陸人來說，台北一〇一是絕不可錯過的景點之一吧。他們一個一個都在胸前戴著「福建遊」的徽章。福建人？那麼跟台灣很多人算是同鄉了。不過，一看他們的服裝和神氣，馬上知道是從福建鄉下來的，男女老小都特別吵鬧，就是讓我的台灣朋友不能不臉紅的老鄉們了。我卻並不討厭他們，猶如我偏愛迪化街。看老鄉們高高興興的樣子，我倒覺得滿可愛，只是跟現今台灣人的時間差距確實有三十年吧。

果然天氣不好，外面飄著霧，不用說遠處了，連近處都看不清楚。但是，我卻不後悔花很多錢（而且乘以四）上了台北一〇一。在南部的時候覺得台灣南部眞好。到了台北又覺得這兒也不錯。在台灣，每個人都有清楚的個性，跟他們往來有看小說一般的樂趣。無論是牡丹鄉的排灣族，台北的外省第二代，還是永康街的波西米亞文化人，個個令人印象深刻。外面轉黑，玻璃窗外的台北盆地，已經是夜景了，好比點上了許許多多蠟燭，美麗極了。

從台北一〇一走到誠品書店信義旗艦店去。聽說，這一家是全台灣的誠品書店當中規模最大的。大到甚麼程度呢？大到像我這樣的四眼一族根本看不到遠方的標誌，簡直需要望遠鏡的地步。換句話說，太大了。不過，內容還是非常好的。尤其是台灣歷史、文化、原住民方面的資料，比幾年前豐富得多了。另外，放著跟電影、戲劇有關書籍的書架，附近就擺著台灣電影、公共電視作品的ＤＶＤ。售貨員很樂意地幫忙找我所需要的書和ＤＶＤ。結果，龍應台寫的書《大江大海一九四九》和王小棣監製的紀錄片《目送一九四九——龍應台的探索》ＤＶＤ即時買到了。對我這樣時間倉促的遊客來說，效率挺高，值得讚揚。

逛了半個鐘頭的誠品書店後，攜帶物品太多了，非買一個皮箱不可了。幸好，隔壁大樓有新光三越百貨的分店。既然是高級商店，品質應該可靠吧。但是，進去一看，價錢也眞不俗的。該買？還是不買？中年女性售貨員看出來我的猶豫，馬上從口袋裡拿出個小型計算機，邊敲鍵盤邊跟我說：「我給你打折吧。打九五折，行不行？還是太貴啊？那麼，再打九五折。這樣可以了吧？」看來，跟日本的三越不同，台灣的售貨員對於商品賣價有很大的權限。另一個售貨員，好像有甚麼事情來找她了，居然喊出了一聲「Sakura！」，教我一時目瞪口呆。原來，這個台灣女人有個日本名字，叫「櫻」的。

台北桃園機場

早兩天，我到飯店櫃檯請服務員打電話訂了一輛廂型車，早上十點鐘到飯店門口來接我們送到桃園機場。果然十點正，連一分鐘都不差，乾乾淨淨的車子準時開到飯店大門來了。我估計，是提前到了附近以後，司機看著手錶等待的。他臉上一直掛著笑容，服務態度特別好。坐上去，我才發覺，原來這輛車的每個座位都是電動按摩椅。往機場的高速公路修得很平，車子行進得非常順暢，啓動了按摩器，舒服得不能再舒服了。不知不覺之間打起瞌睡，不知不覺之間到了桃園機場。

放下行李，辦完了登機手續。飛機是十二點四十五分起飛的國泰四五〇號班機，時間還太早。於是我們決定在候機廳坐下來歇一會兒。恰好有從公寓式飯店的冰箱帶出來的冷飲和小吃。這一趟台灣遊，我們一路上熱中吃滷蛋。不像著名的淡水鐵蛋那麼硬有咬勁，但是醬油顏色的鵪鶉蛋口感很不錯，還能充飢，可說是理想的零食了。全台灣的便利店哪裡都有賣，機場商店也出售禮物包裝的。但是，在日本就是沒有滷蛋賣。

台灣有而日本沒有的東西，其實還多著呢。地道的台南擔仔麵、安平豆花、蝦捲、牛肉湯、鱔魚麵，高雄旗津現做現賣的烏魚子，恆春的屏東牛和鴨肉冬粉，台北的潤餅、客家擂茶等等。來了台灣好幾次，還有很多東西我都沒嚐過。非得再來不可了。每次離開台

【東京—長春—恆春】

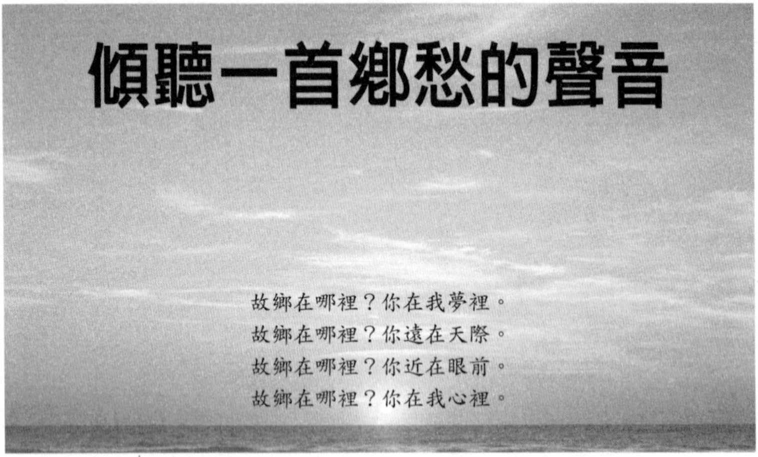

傾聽一首鄉愁的聲音

故鄉在哪裡？你在我夢裡。
故鄉在哪裡？你遠在天際。
故鄉在哪裡？你近在眼前。
故鄉在哪裡？你在我心裡。

東方園

東京阿佐谷曾有家中餐館叫東方園，老闆夫妻都來自北京。跟東京街上到處都是的日式拉麵店不同，東方園提供的是地道的中國北方家常菜，如紅燒肉、炸醬麵。當「瓷娃娃」福原愛或者前中國冠軍莊則棟等乒乓球選手在東京想念起水餃來，尋解饞的地方就是東方園。

最初帶我去東方園的是一家出版社的編輯。他打來電話，自我介紹說是我在早稻田大學的同門學弟，要找我談出版計劃。我問他：「在哪裡見面？」學弟說：「我知道一家很好的餐館，老闆夫婦都是來自北京的音樂家。」

第一次走進東方園，我就被很熟悉

的感覺所襲了。記得我留學中國的一九八〇年代中期，北京東單、西單等地方開始出現了個體戶（個人經營）小飯館，東方園的室內裝潢和老闆夫婦的舉止都散發著那年代北京的氣氛。我沒有看錯，他們是一九八二年出國，一九八五年開了東方園的。學弟說的也沒有錯，他們是北京中央音樂學院的老同學，先生專攻低音管，太太則彈鋼琴。文化大革命結束以後，先生分配到廣播交響樂團，太太回母校任教。只是到了日本以後，靠本行維生不容易，只好開餐館餬口了。

先生用優雅的京腔道：「日本人開私家車上班去吹幾百萬日圓的樂器，我一個人騎自行車去吹幾十萬的二手樂器怎麼行呢？」太太說：「我自己來了日本以後在東京藝術大學跟安川加壽子老師（著名鋼琴家）進修過，現在還教些學生呢。」然後指了指擺在店裡一角的老鋼琴，「而且我們樓上開的東方藝術沙龍舉辦過將近一百次各種音樂會、文化講座。」我想起來曾聽說過阿佐谷有家館子定期上演馬頭琴音樂會，該是這家東方園了。

「那你們爲甚麼來日本呢？」我問。老闆娘回答道：「因爲我母親是日本人，我們是陪她回來的。」我感到意外。一九八〇年代起，回日本的所謂「中國殘留婦人」一般都來自東北，而且以不大識字的農民爲主。她們是第二次世界大戰後，日本軍民從中國東北的原滿洲國地區撤退時，要嘛被家人拋棄、出賣，或者混亂中迷失等原因，單獨留在大陸，被當地中國人收養的日本女孩子。但這位北京中央音樂學院畢業的鋼琴家，會是「殘留婦人」的女兒嗎？

她似乎看出來我的疑惑，主動地解釋說：「我母親是小學的體育教師，解放前去中國的。」我問她：「你母親戰前就到北京教書去了？」她嘆了口氣搖搖頭，一雙眼睛似乎要向我訴說甚麼，然後開口道：「不是北京，是東北，是當年的『僞滿』。你知道吧？」當年的「僞滿」我當然知道，但是想都沒想過「僞滿」小學的日本籍女教師戰敗以後還留在中國大陸。我繼續問老闆娘：「那麼，你父親是日本人？還是中國人？」這次她氣嘆得很長很長了，之後說：「他是台灣人。當年台灣是日本殖民地。我父親特別喜歡音樂，從台灣到東京留學的。畢業以後去中國東北教書，在那裡認識我母親，兩個人結婚，解放後都留下了。」

我重新看了看老闆娘的臉。我本來以爲她是個北京人。實際上，她母親是日本人，父親是台灣人，彼此認識的地方竟然是滿洲國。太太拿出名片來遞給我，上面寫著：「前中國北京中央音樂學院鋼琴教師，吉崎音樂教室（鋼琴講師），東方藝術沙龍（代表），吉崎純子（董韻）。」她還把一本自己主編的書送給我。書名叫做《師之楷模——紀念董清財教授文選》（一九九八年，北京人民音樂出版社）。董清財教授就是她父親，前中國吉林省藝術學院音樂科副教授，前長春市政協委員，一九〇六年二月二十三日在台灣恆春出生，一九七六年九月七日在中國長春去世，享年七十歲。

1. 東方園

他去世的一九七六年是文化大革命結束的一年，忌辰九月七日又是毛澤東去世的兩天前。董韻說：「那一段時間，中國人都吃了很多苦。我們家，因爲父親是台灣人，母親是日本人，而且有父親的歷史問題……」她打開紀念文選裡〈董清財簡歷〉的書頁，指了指一九四一年十二月末的記載：「在當時的政府募集慶祝歌曲中，作品獲得優勝。」她說：「你懂吧，『當時的政府』就是『僞滿政府』。我父親作曲了〈滿洲國建國十周年慶祝歌〉。誰會料到那首歌後來帶來甚麼樣的災難?」

滿洲國回來的老士兵

我就是那樣認識董韻夫婦的。兩位北京來的音樂家供應地道可口的北京菜，光是這點就足夠理由再去東方園。何況，董韻關於父親母親，有說不完的故事，我本人又很願意傾聽。

在台灣出生長大的董韻父親，由於日本的殖民統治，到東京念書並赴任中國東北，後來在共產主義的中國，替日本軍國主義受懲罰，遭迫害的。類似的悲劇，我以前聽過作曲家江文也的例子，還曾幫台北音樂教育學會劉美蓮老師翻譯過江留下的文字。特別巧，差不多同一時間裡，我也看了《陳眞：戰爭和和平的旅程》（二〇〇四，東京岩波書店）。陳眞是一九八〇年代，從北京到東京的ＮＨＫ電視台中國話講座主播，日本觀眾都視她爲北京人。其實，她是高雄出身的著名語言學家陳文彬女兒，在東京出生長大，光復以後回台灣遇到二二八事件，只好逃命去中國，在北京當上了對日廣播播音員的。這些人的生涯教我感慨無限。果然，東方園老闆娘的家族歷史都一樣充滿著傳奇性。她也說，在北京認識江文也、陳眞二位。

但是，我才去了兩次，東方園就關門了。開了前後十九年的館子，之後專門做宅配冷凍產品的業務了。老闆夫婦說，因爲跟房東談不成租金，不能做下去了。不過，我猜想，他們做出歇業的決定，其實還有別的原因。

那是二〇〇五年的事情。春天在北京、上海等地發生的激烈抗日示威，日本各家電視台都報導了許多次。東方園的不少顧客，包括最初介紹我去的年輕編輯在內，都向老闆夫婦提問究竟是怎麼回事。客人大概沒有惡意，只是想聽聽中國人的看法而已。但是，他們當中太多人忽略了，或者根本沒有搞清楚，老闆娘董韻是日本母親和台灣父親生的，而由於自己的血統曾在文革中抬不起頭，教她代表中國人向日本人解釋抗日示威之所以然，實在不合適。果然，每次有人提到中國的抗日示威，董韻都眉峰緊皺，很是爲難的樣子。

再說，我第二次也就是最後一次到東方園的時候，看到了對董韻夫婦更加不公平的場面。那次我是帶夫婿和兩個小孩一起去的。總共才有二十來個座位的小館子，老闆做菜，

1. 董清財（30幾歲）
2. 一九四二年董清財和長女在東京

太太端盤，充滿家庭氣氛，加上價錢很合理，本來就特別合適於全家大小去聚餐。然而，坐在我們旁邊位子的兩個客人太不像話了。他們喝多了酒，大聲叫喊，近乎騷擾其他客人，也根本不理老闆夫婦百般的勸說，堅決拒絕早點回家休息。我們大人見過世面還了得，孩子們則怕透了，連飯都吃不下了，董韻夫婦也替他們著急。

那兩個客人是八十多歲的日本老年人。聽他們說話，我得知，這兩人曾在滿洲國當過兵，一九四五年八月遭蘇聯軍扣留，被押上了開往西伯利亞的無蓋火車。「說是要把我們送回日本去的。誰料到，火車一動我就發覺方向不對了。往北開著呢。果然上了圈套。我二話不說，一個人從窗戶跳下了。火車已在走動，幸虧速度不太快，我就那樣逃命的。否則，我都給送到西伯利亞去，跟幾萬名戰友一起在收容所裡凍死了，」一個老人打開嗓門喋喋不休。

我之前沒親眼看見過一個滿洲國回來的老士兵。或者說，在一般的情況下，他們不會在公共場所大談戰爭年代的經歷，畢竟在戰後日本人的眼裡，關東軍成了臭名昭著的戰犯集團。然而，在東方園，兩個老士兵卻一點忌諱都沒有，要說甚麼就說甚麼，好比回到了一九四五年八月以前的滿洲國一樣。爲甚麼？恐怕就是由於東方園的老闆娘跟滿洲國有緣吧。這實在太委屈董韻夫婦了。可惡關東軍幽靈事後六十年還徘徊於人間，給年輕一代添麻煩。

當兩個老人終於站起來走出門後，我很想安慰董韻夫婦。旗人出身的夫婿關存治，照樣用悅耳的北京話說：「老人家嘛，喝多了酒摔跤可不好。所以，我們只是希望客人安全回家而已。但是，那客人幾乎每次都那樣喝醉酒，跟老戰友沒完沒了地談幾十年前的事情，我們勸多少次都沒用的。有時候我們只好提早關門熄燈，否則他就是不走。」他們經營東方園，本來就有資金方面、語言方面、政治方面等多種困難，再加上了諸如此類的騷擾，精神負擔也眞是太大了。

從恆春到滿洲國

雖然東方園關了門，但是我跟老闆夫婦的來往並沒有因此而結束。主要是董韻希望她父親母親的生平事跡在歷史上被記錄下來。爲此她主編了父親的紀念文選，也收集了大量有關資料，包括父親留學日本時候的畢業照片冊、母親年輕時候的成績單、雙親的履歷表等。只是，他們的足跡遍布於台灣、日本、滿洲國、北京。所用過的語言也有台語、日語、國語之別。把不同時期的多種資料拼湊成完整的人生七巧板，並不是一件容易的事。

董清財（原名董清才）一九〇六年二月二十三日，在台灣恆春半島車城出生。恆春半島位於台灣最南部，乃寶島上唯一屬於熱帶的地區，二〇〇八年成了電影「海角七號」的背景。車城就是影片裡擺酒席的廟宇所在地，清朝時期曾經是台灣島上漢人居住的最南地

1. 一九四七年在吉林
2. 一九七五年左起恆，清才，韻，芳。

點，再走一步便是南島語系原住民的勢力範圍了。董家祖籍福建安溪，據說跟著鄭成功過海到了台灣。清財的父親董欽湖在車城開中藥房。

一八九五年，清朝根據馬關條約，把台灣割讓給日本。十一年後董清財出生時，各地還陸續發生著抗爭。殖民地政府爲了令居民服從，一方面關閉中國式書院而強制日語教育，另一方面倒限制了台灣人受教育的權利。當日籍兒童上小學的時候，台籍兒童則得上程度較低的「公學校」，畢業以後也只能上農業、師範、醫科等技術性學校，使得台灣人成爲大日本帝國的二等公民。無論在殖民地台灣、朝鮮，還是在後來的滿洲國，日本統治者專門普及了初等教育以及技術性中等教育，爲的是培養順從的臣民和頭腦單純的技術人員。人文、社會、自然學科的高等學問，在殖民地被視爲危險思想，非得到宗主國日本才能學到。至於音樂、美術等藝術科目，亦在初級教育中爲統治目的而被充分利用，卻在殖民地沒有開設專業學府。

董清才有兩個哥哥、兩個姐姐、一個弟弟。在殖民地的現實裡，大哥繼承了家業，二哥則念了師範。他自己走了跟二哥同一條路，念台南師範回家鄉當了母校車城公學校的教員。然而，他眞正的志願是音樂。除了家裡前輩演奏的中國傳統音樂以外，他也酷愛學校教的西方音樂，尤其善於拉小提琴。殖民地政府爲了培養台籍兒童的臣民意識，從最早期起，在公學校傳授了儀式音樂（國歌、節日歌、畢業歌等），同時介紹了許多歐美日歌曲，也從日本引進了風琴、小提琴等西洋樂器。儘管如此，殖民地台灣就是沒有一所音樂學校董清財可投考。弟弟清課看三個哥哥的處境，走了另一條路：從中學就去日本留學，在仙台學醫，最後成了醫學博士。一九二九年，東京西郊的江古田開設了武藏野音樂學校，乃日本政府認可的第一所私立音樂大專。校長福井直秋是國立東京音樂學校（現東京藝術大學音樂系）畢業的和聲學專家，年輕時候曾去浙江省兩級學校任教過。住在台灣最南部的董清財，果然取得了新學校的入學許可證。

一九二九年四月，二十三歲的董清財，為留學往大日本帝國首都東京出發了。台灣南部的大港口高雄有運輸香蕉的貨輪定期開往鄰近東京的橫濱。那年在日本各地的台灣留學生，從小學生到大學生共有一千五百名左右。武藏野音樂學校採用預科一年，本科三年的四年制，有四十七名教員，學生總數達一百八十名（一九三〇年）。根據校方保存的教務資料，董清財屬於器樂系，同班學生共十三名當中，有五名為貴族子女。董清財寄宿於日本建築師金澤靖的家，跟房東深交，後來結婚時還請其當證婚人。在武藏野音樂學校，他跟一位德國老師練小提琴，也攻讀和聲學、音樂理論、德語、教育學、音樂教授法等課。

董清財終於能夠沉湎於衷心喜愛的音樂，然而時代環境倒越走越黑暗。他抵達東京後半年，紐約股市暴跌，世界大蕭條就開始了。日本國民經濟崩潰，貧困地區的農民只好出賣女兒餬口，首都頻頻發生軍國主義恐怖事件，自由派政治家、富裕商人遭暗殺了。董清財讀本科二年級的時候，就爆發了九一八事變，第二年三月滿洲國成立了。

一九三三年春天，他獲得了武藏野音樂學校的畢業文憑，但是沒有即時回台灣。家鄉有不合意的親事教他不願意回去的。當時，滿洲國成立後剛剛一年，多數日本人視之爲充滿機會的新天地，乃相對於一日比一日黑暗的日本國內而言。也許受了時代風氣的鼓勵，董清財前往中國東北，先在大連的秋月公學校以及協和實業學校任教，兩年後被選拔爲吉林高等師範學校（後改名爲吉林師道高等學校，吉林師道大學）副教授。

在滿洲國居住過的台灣籍民以千人爲計。台灣中央研究院近代史研究所的許雪姬教授有《日治時期在「滿洲」的台灣人》等著作，自從一九九〇年代起，對當年去過中國東北的台灣人做了多次訪問。根據許教授的分析，滿洲國的台灣人以醫生等知識分子爲主。他們嫌殖民地台灣的社會制度太不公平，差別待遇過甚，寧願到「五族共和的王道樂土」（日本政府關於滿洲國的宣傳標語）碰運氣去了。以學校教師的薪水爲例，在台灣，日本籍教員的收入自動比同等資格的本地人多六成。相比之下，在滿洲國機關，台灣人受的待遇比當地中國人、朝鮮人都高，基本上跟日本人拉平了。不僅收入受優惠，而且糧食配給的內容都高人一等；當中國人吃高粱，朝鮮人吃粟米之際，台灣人跟日本人一樣吃到大米。換句話說，在家鄉是二等公民的台灣人到了滿洲國就會升級爲一等公民。這是因爲滿洲國的日本人口一貫不多，爲了有效地統治占多數的中國人，當局要利用文化上能起橋梁作用的台灣人。許教授也指出，爲了送台灣學生去遙遠的北方滿洲國就職，日本學校老師常常扮演了介紹人的角色。

吉林師道大學

我在日本的舊書店找到了一本兒童書叫做《吉林的終戰》（一九七二，東京牧書店），作者阿部襄從一九三九年到一九四五年，曾在吉林師道大學教過生物學，戰後回日本，當了國立山形大學教授。書中他寫到董清財：「學校有一個據說從台灣來的董清財老師。這位董老師的夫人是日本人。當時台灣是日本領土，所以董老師也算是日本人。」文筆雖然禮貌，卻掩蓋不了歧視的味道。

董清財夫人叫吉崎芳，一九一三年十一月三十日，在日本新潟縣南蒲原郡出生，爲富裕木材商之女兒。吉崎芳畢業於當地的高等女學校，一九三〇年到東京上了日本女子體育專門學校專修科（日本第一所體育女校），獲得教員資格，回家鄉擔任了小學以及高等女學校老師。一九三五年，她又一次到東京，跟歐洲留學回來的舞蹈家石井漠（傑出朝鮮舞蹈家崔承喜的導師，前邊提到的陳眞也在東京的少女時代上過他的課），著名音樂教育家

1. 吉崎芳（20幾歲）

小林宗作進修了當年最先進的現代舞蹈、節奏運動等。顯而易見，她是個特別活潑能幹的富家閨女。

一九三八年，吉崎芳隻身到滿洲國首都新京（長春）去，做了當地政府的臨時雇員後，不久任職於新京市大徑路實驗小學校的音樂及體育主任。吉崎芳的家鄉新潟縣是日本海邊的港口城市，隔了一條海水對面就是朝鮮半島。當年剛開通了往朝鮮羅津的新航線，乃從日本到滿洲國最快捷的路線。世界大蕭條時代，日本老百姓寧願把軍部關於滿洲國的宣傳當眞求發展，想都不去想當地中國人其實在日本傀儡政權下陷於水深火熱之中。半世紀以後，回到日本接受NHK電視台訪問時，吉崎芳說：「當年日本女人連選擇結婚對象的自由都沒有」，那顯然是她去了滿洲國的原因之一。

一九三九年六月，在一次教育講習會上，董清財認識了比他小七歲的吉崎芳，馬上墜入愛河，三個月後訂了婚。同年十二月，爲了正式結婚，兩個人一起回日本要取得吉崎芳父親的同意。然而，他就是不允許女兒嫁給台灣人。無可奈何，在不能辦法律手續的情況下，他們就請吉崎芳的四姐和董清財留學時候的房東當證婚人，在東京舉行了形式上的結婚典禮。

幾乎同時，從台灣傳出了董清財二哥清淋病危的消息。原來，屬於他和清財的土地被日本軍隊強制接收（即今天的恆春航空站），導致了二哥氣憤之餘腹膜炎惡化的。清財趕回老家車城看胞兄最後一眼，並參加葬禮，也爲姪子辦妥了到滿洲國新京讀醫科大學的手續。一九四〇年春天，董清財帶吉崎芳回吉林西郊八百壟的師道高等學校宿舍，開始了新婚生活。同年七月，長女董聆出生了。

董清財任教的吉林師道高等學校，前身爲清朝末年創立的法政專門學校。一九二九年，當時的吉林省長張作相效仿張學良在瀋陽開辦的東北大學，決定把它改組爲吉林大學，委託德國工程師設計校舍並籌備所需用品。誰料想，在四百米見方的校園裡剛蓋好四棟三層高的教學大樓、宿舍、圖書館的時候，九一八事變就發生，建築計劃未完成而被迫停頓下來，日軍來接收了。一九三四年九月開設的滿洲國高等師範學校（三八年改稱吉林師道高等學校，四二年改稱吉林師道大學），乃是滿洲國唯一培養中學教員的高等師範學校（殖民地台灣則一直沒有高等師範學校），國務院總理鄭孝胥兼任了第一任校長。

滿洲國政府跟台灣總督府一樣，懼怕教育會促進居民的抗日思想，所以採取愚民政策。雖然是擁有四千萬人口的「國家」，但是高等學府不到二十所，大學生人數總共才七千名左右，其中一半的名額還要留給日本學生。結果，在中國籍居民裡，大學生占的比率只有一萬二千分之一而已。再說，大部分大學是醫、工、農科的單科學校，其他則是培養官員的法政學校。具備人文、社會、藝術等專業的教育機關，只有這所高等師範學校。

預科一年，本科三年，共四年制的師道高校，由文科三班（教育、國語、歷史地理）、理科三班（數學、物理化學、農業）、技能科三班（美術、音樂、體育）組成。經體能檢查和面試被錄取的新生，年紀在十六到十八歲之間，全員住校接受日語教育。一九四四年夏天的學生人數共有六百四十九名，其中六成爲中國人，兩成半爲日本人，其他則是蒙古人、朝鮮人等。教員有七十六名日本人、四名中國人、一名白俄人。從三四年創立到四五年夏天滿洲國解體，總共培養出了三千八百名畢業生。

該校音樂班每年迎接了十多名新生。至於教員，最多的時候也沒有超過三名。因爲日本籍教員頻頻被徵發去參軍，很多時候只留下了董清財一個老師。在南台灣長大，後來留學日本的董清財，只會說台語和日語。在吉林教書用的語言，直到一九四五年八月爲止，一貫是日語。他擔任小提琴、樂理、和聲、作曲、鋼琴、聲樂等多項科目。在滿洲國唯一傳授專業水準音樂教育的機關裡，董清財始終起了骨幹作用。關於師道高校的教育和生活，有中國東北教育研究所齊紅深所長等收集的口述歷史。多數中國籍學生果然對傀儡政權下的學校沒有好印象。他們覺得參拜神社、軍事訓練、義務勞動等在精神、肉體兩方面都很難受。在宿舍食堂，當他們只有高粱飯吃的時候，日本籍學生是吃大米的。如此制度化的種族歧視，對中國籍學生的自尊心傷害非常嚴重。何況，每年畢業典禮結束後，例行公事一般，一定有幾名學生因政治原因而給抓走了。

滿洲國的作曲家

吉崎芳在簡歷上寫：「當時的生活費每月只有三十五元。因爲沒有日籍教員都有的四成津貼，日子過得很苦。」不知是甚麼原因，董清財到了滿洲國後多年，仍然沒有升級爲一等公民，反之作爲殖民地人，還是受著二等公民待遇。恐怕這跟日籍同事對他的歧視有關。

一九四一年底，夫婦收到了即將改變生活的好消息：清財爲「建國十周年慶祝」應募的曲子被採用了。爲了一九四二年三月一日的「建國十周年」，滿洲國政府募集了慶祝歌的詞和曲。居住營口市的日籍校長撰寫的歌詞先獲選，後來亦翻成漢語〈滿洲國採用雙語制〉，清財爲雙語慶祝歌添的旋律在多數應徵作品中被錄選了。

據《滿洲新聞》報導，一九四二年一月一日和二日，透過電台廣播，發表了入選的慶祝歌；從五日到十日，每天在廣播節目裡進行了歌唱指導；十一日，在新京紀念公會堂舉行的演奏會上，以日本人爲主的一千五百名觀眾跟隨新京交響樂團的伴奏合唱慶祝歌〈日語版本〉，並由電台直播到全滿洲國；十八日，在國都電影院進行漢語版本發表會，由新京音樂院滿洲樂部擔任了伴奏。同年五月二十一日，新京大同廣場舉行了「興亞國民動員大會」，滿洲國皇帝溥儀也出席，會上幾萬群眾齊聲合唱了董清財作曲的歌。由於〈建國十周年慶祝歌〉的當選，董清財不僅升級成高等官，而且被選爲政府派遣的音樂留學生，要去日本留學兩年。

一九四二年四月，董清財帶妻子和女兒赴東京，在市內原宿一百番地住了下來，到國立東京音樂學校（現東京藝術大學音樂系）報到，開始跟下總皖一學作曲，跟橋本國彥學和聲了。董清財的才華獲得國家、社會的承認，並且孩子都快兩歲了，這回吉崎芳父親對女兒婚事的態度有所變化。他首先請堂兄弟代表自己，將吉崎芳的戶口跟全家分開，樹立了她個人的戶口；然後讓董清財從他家的台灣戶口入贅到吉崎芳的日本戶口來。就這樣，年輕夫婦終於能夠在董清財母校武藏野音樂學校附近的櫻台二丁目註冊新戶口，乃以吉崎芳爲戶主的小家庭。

顯而易見，這是吉崎芳父親細心設計的步伐。第一，他使得女兒保持了日本戶口（雖然同屬大日本帝國，「內地（日本）」戶口和台灣戶口是分開的。如果她嫁入了董家的台灣戶口，就要失去日本戶口。江文也的夫人就是因爲嫁入了江家的台灣戶口，戰後爲了恢復日本國籍要奮鬥幾番的）。第二，他也使得女兒保持了日本姓氏（日本法律規定夫妻使用統一姓氏，若嫁給董清財，吉崎芳就失去原姓氏而要成爲董芳）。第三，他事先令女兒分家，以免吉崎本家在法律上跟台灣人沾邊。雖然允許了女兒跟董清財結婚，但是吉崎芳父親對台灣人的歧視和排斥還是根深柢固的。

再說，關於董清財身分的虛構性也相當嚴重了。作爲〈建國十周年慶祝歌〉的作曲家，由滿洲國政府派遣到東京來進修的董清財，在社會上被視爲「滿人」（當年日本政府對滿洲國的非日人居民包括漢族的稱呼）中的精英。實際上，他出身於日本統治下的台灣。法律上，他亦透過跟吉崎芳的入贅結婚，已成爲日本人吉崎清海（申辦婚姻時新取的日本名字）。他本人只是想追求音樂事業並跟心愛的人正式結婚成家而已。但是，帝國主義的時代環境就是不允許他以眞實的身分堂堂正正做人做事的。

董清財、吉崎芳夫婦和他們的長女，從一九四二年四月到四四年三月待在東京。當時，太平洋戰爭已經開始，日本的經濟狀況一直走下坡。從一九四三年起，連東京音樂學校的學生都被徵兵送去前線，爲此提早半年舉行了畢業典禮。當兩年留學期滿時，他們重新往吉林出發。恐怕董清財當時沒想到，從此以後再也沒有機會離開中國大陸了。

變天

他們回到吉林後不久的一九四四年七月，美軍飛機第一次轟炸了滿洲國的重要城市奉天（瀋陽）。吉林師道大學也常常停課而教學生從事義務勞動了。四五年一月，董清財的長子眞海，在吉林市臨江門省立醫院出生。同年八月十五日，師道大學的全體教員和駐校的關東軍、滿洲國軍將校都集合在會議室，聽了裕仁天皇親自宣佈日本投降的廣播。

董清財的同事阿部襄在《吉林的終戰》裡寫：「八月十六日，吉林市內到處飄揚青天白日滿地紅旗。十九日，蘇聯軍就進駐。」師道大學的校長和日本籍教員被警察扣留，而後又被蘇聯軍徵發去做苦力。根據董清財的簡歷敘述：「一九四五年八月，日本投降，吉林陷於無政府狀態，被告知日本人的財產要沒收，台灣人的財產則不沒收。九月，去公安局報到，口頭上聲明是台灣人。」自出生以來一直當二等公民的董清財，這回成爲戰勝國國民了。

一九四六年三月二十五日，蘇聯軍撤退，翌日二十六日，八路軍進城。原師道大學，在共產黨領導下要改組爲吉林大學，董清財當了副教授。不久就發生國共兩軍之間的戰鬥，五月二十八日，國民黨軍隊占領吉林，大學改名爲長白師範學院，董清財還是當副教授。七月，日本僑民收到遣返命令，在吉林神社集合，集體坐火車離開吉林，經過長春、瀋陽、錦西，最後從葫蘆島搭美國海軍運輸船自由輪，一九四六年八月二十七日順利抵達了博多港。但是，已經申報爲台灣省籍中國人的董清財夫婦沒有跟日本人一起走。早年清財從台灣帶出來的姪子，在新京念完醫大後任職於市立第一醫院，滿洲國解體後，他要回台灣之際，清財也說了一句：「你先回去吧。」

根據吉崎芳的簡歷，國民黨進駐吉林後，物價猛漲，大學的薪水也經常停發。結婚以後一直當家庭主婦的她也非出去賺點生活費不可，從一九四七年二月到十月，在長白師範學院體育系當了舞蹈教員。其間，五月九日，她生下了次子貞光，夫婦共有二男一女了。

董韻有兩張當年的照片。一張是一九四二年在東京拍攝的：抱著兩歲長女的董清財穿著和服，一副日本文人模樣。另一張則是一九四七年夏天在吉林的大學宿舍門口，夫婦跟三個孩子合拍的：抱著新生兒的吉崎芳穿著旗袍，像個中國少婦。大日本帝國、滿洲國都解體了，但是誰也不曉得，即將統治中國的會是誰。

一九四七年十月六日，八路軍開始從師範學院後山炮擊，校方馬上把總部遷到吉林市內一所小學去，亦將一部分師生南下到瀋陽去開分院。國共兩軍爭奪吉林的戰役，持續了整整五個月。市內所有的商店都關門，董清財夫婦在當地沒有親戚，很難確保糧食，只好靠學生從學校食堂帶出來的高粱飯維持生命。一九四八年三月八日，國民黨軍隊終於放棄吉林而往長春撤退，部分市民也跟著走了。董清財夫婦還是沒有走。第二天，吉林市人民政府就成立了。

六十年以後，董清財當時的一個學生在追悼文裡寫：「董老師在當時的政治社會不是受當局歡迎的人。國民黨歧視在敵占區的所有人，更不用說對畢業於日本的音樂大學的台灣人了。而共產黨來了還是一樣，在政策上把人分成等級，以鬥爭爲綱，可以想像，董老師怎麼會有好果子吃呢？」當時，董清財四十二歲，吉崎芳三十四歲，三個孩子分別爲六歲、三歲和八個月大。在廣大中國，除了小家庭五口子，他們連一個親戚都沒有。

人民共和國的台日夫婦

一九四八年四月，吉林大學重新開學。同年七月，跟哈爾濱東北大學合併。翌年一九四九年三月，把部分師生遷到瀋陽跟魯迅文藝學院合併。董清財調到瀋陽魯迅文藝學院，吉崎芳也任職於該校舞蹈系。半年後，中華人民共和國成立。董清財改名爲董清才。

魯迅文藝學院發源於革命老根據地延安，明確標榜透過藝術爲社會主義建設服務的方針，代表作品有〈工人大合唱〉、〈鋼鐵大合唱〉等。一九五〇年七月，董清才夫婦的第四子董韻（次女）在瀋陽市立醫院出生了。當時吉崎芳在教因朝鮮戰爭而逃難到瀋陽來的朝鮮舞蹈家，結果造成八個月早產。

社會主義體制對誰都是新事物，但是對董清才夫婦來說，適應更加不容易，因爲他們來自台灣和日本，又在滿洲國居住了多年，都不會說中文普通話的。從一九五一年到五二年，新政府對知識分子進行了思想改造。吉崎芳在簡歷裡寫：「當時我丈夫是魯迅文藝學院的副教授，不知是受了日本教育的緣故，還是沒有憎恨日本帝國主義者的緣故，思想改造就是不通過，給減薪了。」朝鮮戰爭打了前後三年，因爲瀋陽離朝鮮邊境很近，魯迅文藝學院全體疏散到後方哈爾濱，在那兒誕生了夫婦的第五子董恆（三女）。

從一九五三年到五六年，吉崎芳在夜校念中國話和歷史；一九五七年二月，被瀋陽南市區人民政府表揚爲社會主義建設積極分子。同年五月，她以東芳之名取得了中華人民共和國國籍。一九五〇年代，曾有由紅十字會出面遣返日僑的活動，但是當年日本政府不允許中國籍家人同行，結果許多「殘留婦人」因爲捨不得骨肉而放棄了回國之夢。

至於董清才，一九五三年，魯迅文藝學院改組爲東北音樂專科學校以後，就被派去當時還在天津的中央音樂學院進修一年，師事蘇聯作曲家，獲得了在社會主義國家教學的資格。一九五六年，他還去北京參加會議，並在中南海跟毛澤東等領導人一起留過影。解放後，他主要教和聲學等音樂理論，除了教大學生以外，還教過教員，可見他的專業知識被高度評價。另一方面，由於他說普通話始終口音很重，一些重要科目不予擔任，職位也一直留在副教授的級別，到最後都沒有升爲教授。

董家的長女和長子，都十三歲就上了中央音樂學院，分別學鋼琴和小提琴。從小受父親栽培而具備絕對音感的次女董韻，則小學四年級就離開父母親，赴北京學鋼琴去了。

一九五八年，長春開設了吉林藝術專科學校，乃由師道大學後來改制的東北師範大學音樂系獨立出來的。在瀋陽住了將近十年的董清才，被任命爲音樂系理論研究室主任，搬回吉林省去了。東芳也擔任吉林省歌舞劇院附屬音樂舞蹈學校的鋼琴伴奏者。董清才並擔任中國音樂家協會吉林省分會理事、吉林省文聯委員、長春市政協委員，也赴北京參加台灣民主自治同盟會議。一九六五年退休後，他寫過〈解放台灣〉等歌曲，透過中央人民廣播電台向台灣播送了多次。每次上廣播，董清才都一定喊弟弟董清課的名字。在中華人民共和國，他的最大任務是統戰。由子女看來，父母都把自己改造爲堅定的社會主義者了。

一九六六年，當文化大革命爆發的時候，董清才已經退休，但也未能逃避這場大風波。曾經屬於滿洲國的吉林省，被打成階級敵人的幹部超過十二萬人，其中受迫害喪命的有一萬。董清才給扣上日本特務、文化漢奸、反動學術權威等帽子，被關押了八個月，在紅衛兵抄家中被沒收了所有個人紀念品，亦被迫搬到小屋子。二十五年前作曲的那首〈滿洲國建國十周年慶祝歌〉是批判董清才的鐵證了。東芳斷絕了跟日本親人的通信很多年。五個孩子們個個都被打成反革命分子，在天津、保定等地的軍隊農場待了幾年。雖然董家人都熬過了十年浩劫而倖存，但是他們在精神上、心靈上受的創傷非常深刻，特別難治。

一九七二年中日兩國建交，社會上對日本的輿論開始變化，東芳應邀到吉林醫大編日語課本。七六年，董清才夫婦收到了東芳的弟弟從日本寄來的探親邀請信和來回飛機票，向當地政府提交了回國申請書。可是，當局只批准了東芳一個人出國。同年五月，她飛往祖國日本，探訪了三十多年沒見面的親朋好友。在日本，她也跟董清才在台灣的老家聯絡，於東京見到了董家親人。當時的台灣還在戒嚴中，跟共產黨治下的中國大陸出來的親戚接觸會引起通敵的嫌疑。何況，東芳還要向他們大力宣傳社會主義的優越性，教台灣親戚提心吊膽至極。意識形態上的鴻溝以及政治上的分歧，給台灣親戚留下的印象相當深刻。

早一年，董清才方動過胃癌手術，東芳離開他身邊以後，身體越來越虛弱。孩子們提議教母親提早從日本回來陪他，可是董清才就是不點頭。他住進長春市內的吉林省人民醫院，躺在床上看妻子在日本跟親人重聚的照片。九月七日，董清才因胃癌併發症去世，享年七十歲。兩天後，毛澤東亦過世；約一個月後，毛夫人江青等「四人幫」被捕；長達十年的文化大革命終於結束了。

恆春的墓園

董清才的三女董恆，從小跟父親練聲學，本來想做京劇演員。可是，她初中時候遇上文化大革命，當了十年工人。文革結束後，她二十五歲終於上吉林藝術專科學校，畢業後當了中學的音樂教員。長女董聆，從農場回到北京音樂出版社上班。長子眞海，成了湖南省歌舞團首席小提琴手。次女董韻，結婚後在母校中央音樂學院教鋼琴。次子眞光，當了數學教員。東芳則先後在長春外國語專門學校、吉林醫大、北京師大等院校教了日語。

時代開始變了，但是改革開放還遲遲不啓動。一九八〇年，東芳決定舉家搬回日本，

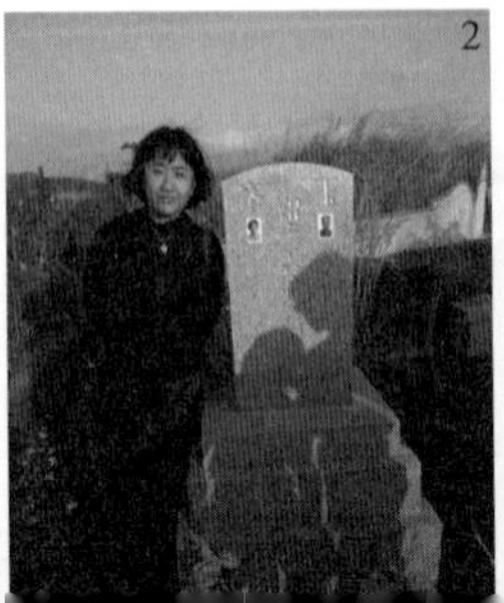

1. 董清財夫婦墓碑
2. 作者在董清財夫婦墓地

辦了退出中國籍的手續。一九八二年，她帶領全家十五個人（包括五個孩子的所有配偶和孫子女）上了回日本定居之路。

四十年以前，經過吉崎家父親別有用心的指示，註冊的「吉崎芳，吉崎清海」戶口，在東京櫻台二丁目仍然存在而且法律上有效。夫婦之間的五個孩子，都被承認擁有日本國籍了。吉崎芳作爲大家長，在陌生的祖國日本艱難奮鬥的日子裡，收到了中國長春郵寄過來的包裹。打開一看，果然是半世紀以前，董清財從武藏野音樂學校畢業時候拿到的文憑，乃文革抄家中被沒收失去，十多年以後在一位美術家的畫卷中偶然被發現，透過老同事還給遺孀的。一九八八年，吉崎芳在東京去世。孩子們把夫婦的墳墓在日本武藏嵐山和董清財家鄉台灣恆春車城兩地分別建造。

二〇〇九年底，我做了一趟南台灣之旅，趁機去車城爲董清財夫婦掃墓。從高雄南下，窗戶外的風景和陽光告知這裡是熱帶。車城雖然是小地方，但是挺有風格的，充滿著閩南文化的開朗氣息。這裡的福安宮是全台灣最老、最大的土地公廟，善男信女人山人海。廟前路上至今有董家開的成記中藥房，現在由董清財大哥的孫子經營。在福安宮後邊，差一點就能眺望台灣海峽的高地上，就有老墓園。董清財父親的墓地特別大而且豪華。在旁邊，他和二哥清淋的墳墓劃在一塊。畢生未能夠回家鄉來的他，瞑目後終於在這裡安息了。

董清財的五個孩子當中，長女和次女的名字（聆、韻）代表他心愛的音樂。長子和次子的名字（眞海、眞光）則象徵著他家鄉的明媚風景。三女的名字（恆）就是恆春半島的「恆」。他爲了音樂事業離開家鄉，經過東京去了當年的滿洲國即中國東北，在寒冷的北國生育的孩子們，一個一個都有父親取的美麗名字。

我回東京後約見董韻，給她在車城拍的照片。到日本將近三十年了，她還很像個一九八〇年代的北京人。董韻說，她二哥退休以後常作曲，提供小妹妹開個人演唱會時候唱。比如說〈鄉愁〉一曲的歌詞是這樣的：「故鄉在哪裡？你在我夢裡。故鄉在哪裡？你遠在天際。故鄉在哪裡？你近在眼前。故鄉在哪裡？你在我心裡。」董韻說，二哥寫的是父親的鄉愁。我覺得，說不定也是孩子們一代的鄉愁吧，但是沒有說。

1. 董清財老家中藥店

第貳部

(1995～2001)

1995

安靜的咖啡廳

我的「台灣經驗」

台灣我只去過一次，那是在一九八四年夏天。我坐下午的班機從東京飛往台北，抵達在台北火車站後邊的中級旅店時，天已昏黑。接待處的幾個年輕人聽了我帶有日本口音的中國話，不出聲地笑了一會兒。

第二天早上，我一起床就到樓下去吃早餐。旅店的咖啡廳雖然差不多坐滿了人，卻很安靜。我邊吃油膩的煎雞蛋，邊往四周看。除了我之外，幾乎全是一對一對的男女。再仔細看，男的都是中年以上的日本人，女的則是看來大概才十六、七歲的台灣姑娘。

顯然是嫖客和妓女。他們一起過了夜，正在一起吃早餐；可是語言不通，沒法說話，於是一個個像死人般地沉默，整個咖啡廳就那麼安安靜靜。

日本男人去台灣嫖妓，我早就聽說了，也看過台灣作家黃春明的短篇小說《莎喲娜啦・再見》。但是，我親眼看見咖啡廳的這種情景，倒是頭一次。我在台北的幾天，心情一直不很好。後來再也沒去了，這跟那天早上安安靜靜的咖啡廳大有關係。

台灣女教授的言外之意

安安靜靜的咖啡廳之所以給我留下深刻的印象，是它象徵過去一百年的日台關係。甲午戰爭後，日本占領台灣五十年之久，無疑是對當地民族文化的凌辱。二次大戰後，兩者之間的關係有了變化，然而在人民和人民之間，日本人仍然是嫖客，台灣人仍然是妓女。兩者之間沒有平等關係，當然不能有正常溝通。於是，那天早上的咖啡廳就是那麼安安靜靜。

雖然我只去過一次台灣，但在海外認識的台灣人卻不少。前幾年有一位在加拿大一所大學教日文的台灣女教授跟我說過：「台灣人跟韓國人不一樣，我們不恨日本人。當戰後日軍撤退的時候，連一個日本人都沒有被台灣人打死。我們把日本人好好地送走了。」她用流利的日語只說了那麼多。可是聽著，我也深深明白她的言外之意：「我們台灣人以禮待人。日本人爲甚麼不能以禮還禮呢？」我腦子裡忽然出現那天早上台北的那個安安靜靜的咖啡廳，使我一時不知道該說甚麼好。

司馬遼太郎的紀行

令我回想起這些「台灣經驗」的是日本作家司馬遼太郎從一九九三年七月起在《週刊朝日》雜誌上連載

的《台灣紀行》。不是因爲他寫台灣妓女或日本過去的罪過；恰恰相反，是因爲他沒談到這些。（我剛看完了十月十五號的文章，寫的是「果子狸」。我等了三個半月，估計他不會寫日台之間這方面的舊事了。）日本的大眾媒體一向對台灣不大關心。名作家在大雜誌上幾個月連載關於台灣的文章，對日本讀者來說本來是一次難得的機會。加上作者司馬遼太郎對中國古代歷史有深厚的理解（他自取的筆名是「司馬」），曾寫過一系列取材於中國古代歷史的小說；不少日本人知道劉邦、項羽等人的故事，都是因爲看了他的文章。

當然，歷史小說跟紀行又不同，紀行寫的是當代人在當代的故事。司馬先生在《週朝》連載紀行，早在一九七一年就開始。他除了日本各地，還到過韓國、蒙古、愛爾蘭、中國大陸、美國等國家。外國他跑過不少，可是一個日本老作家的台灣之行，跟他去愛爾蘭、美國不可能是同一回事。比如說，台灣的李登輝總統跟司馬先生是日本帝國陸軍預備役士官教育班的同期學生。

李登輝的答問

司馬先生在台北坐計程車到總統府去。見面時，除了一些共同朋友以外，並沒有政府官員在座。雖然之前兩人未曾見過面，但作爲同期的同學，兩人可以平起平坐，用的是「像日本戰前的中學生般的」日語，完全沒有一般外國記者訪問國家元首時的既嚴肅又緊張的氣氛。

司馬先生很輕鬆自如地向李總統提出一些大膽的問題。例如，他認爲日本民族向來注重公家的利益，卻輕視私人利益；中華民族正相反，就是孫中山所說的「一盤散沙」。看台北街頭，又繁榮又很亂，明顯缺乏秩序，在台灣資本主義向更上一層樓發展時，是否應該趕快強調「公家精神」？

李總統的回答出乎司馬先生的意料，也出乎我的意料。李總統「帶著透明的笑容」回答道：「司馬先生，我在二十二歲以前是個日本人。從小學開始一直聽老師講日本人如何如何地好。長大了以後去日本，知道了日本人也有各種各樣的。但是，二十二歲以前受的教育，我並沒有忘記。」

比無言更寂靜的沉默

看到這兒，我在幾千里之外的加拿大不禁捏了一把冷汗；因爲我又想起了那間安安靜靜的咖啡廳，也想起了那位女教授的言外之意。李總統無非在運用高級修辭，帶著微笑，用平靜的語言，很尖銳地批評日本人不顧自己的行爲，愛給別人說教的作風。

司馬先生也吃了一驚，反省自己缺乏禮節。他接著寫道：「聽李登輝先生那麼說，再看他的面容，確實彷彿日本人理想的人格。」他尊敬李總統爲人是毫無疑問的，看他寫的《台灣紀行》的讀者也同樣會產生好感。不過，李總統優秀的人格爲甚麼不是「台灣人的理想」而是「日本人的理想」呢？想著想著，我似乎聽到了比無言更寂靜的沉默。

也許，我是神經過敏。畢竟，聽李總統說話的不是我，是司馬遼太郎。再說，他們是大日本帝國陸軍預備役士官教育班的同期學生。儘管如此，有一點我相信：在台北，司馬先生住的肯定是高級飯店，早上在咖啡廳沒有我見過的那種沉默的一對一對的男女。

1995

莎喲娜啦「台灣禁忌」

自從一九七二年中日建交以來，台灣從日本人腦海裡消失了二十多年。不僅沒有正式的外交關係，而且連傳播媒體也很少報導有關台灣的消息。在「一個中國」的原則下。大部分新聞機構取消在台北的分社，專門報導大陸新聞。唯一留下台北特派員的《產經新聞》是公認的右派報紙。在政界，只有自民黨右派人士公開跟台灣政府打交道。再說，一直到八十年代中，台灣都是臭名昭著的「日本買春觀光團」的目的地。總而言之，日本人寧願忘記台灣，假裝台灣不存在。台灣簡直成了日本的禁忌。

然而，這個情況已經有明顯的改變。筆者最近在東京跟一些傳媒界朋友談及有關海峽兩岸事務時發覺，他們不再忌諱談台灣，而且台灣在日本人心目中的形象變得很正面。

媒體朋友不再忌諱談台灣

其實，這種變化是過去兩年慢慢發展，到現在已成氣候的，最容易看得出來的是傳媒對台灣消息的解禁。一九九三年五月份《朝日新聞》在頭版上前後十九次介紹了台灣人用日文寫的〈短歌〉，即由三十一個音節組成的傳統日本詩歌。曾經受過日文教育的老一輩台灣人戰後五十年繼續用日文寫詩，可是得到在日本發表作品的機會還是第一次。《朝日新聞》是日本主流傳媒的左派大本營，又是知識界的御用報紙。按過去的常識，他們會把大東亞共榮圈的遺產看作可恥的、不體面的東西，是不會予以宣傳的。

那些短歌作品（後來以《台灣萬葉集》爲書名由集英社出版）引起了很大的回響。但當時很少有人注意《朝日》的突破，因爲介紹這些短歌的不是《朝日》內部的記者，而是著名詩人大岡信在他自己的專欄上介紹的。儘管如此，該報的銷量超過八百萬，十九次在頭版上曝光的意義不可低估，可以說令上千萬日本人重新發現了台灣。

司馬給日本人補歷史課

接著，一九九三年七月份，《週刊朝日》雜誌開始刊登歷史小說家司馬遼太郎的連載《台灣紀行》。司馬的連載注重台灣的歷史，包括日據時期和從光復到解嚴的一段。多數日本人本來對台灣一無所知，司馬用歷史小說家的文筆給他們補上了台灣歷史課。

繼《台灣萬葉集》，這是又一次由外部作家在《朝日》刊物上給台灣大曝光的機會。司馬的知名度很高，再說《台灣紀行》的連載長達八個月之久，每個星期給幾十萬讀者看到有關台灣的文章。毫無疑問起了很大的教育宣傳作用。

之後，一九九四年五月份，《週刊朝日》刊登了司馬和李登輝的談話。眾所周知，當時李登輝談到「生爲台灣人的悲哀」，又說國民黨是外來政權，因而引起了中共很強烈的反應。如果說《台灣萬葉集》和《台灣紀行》給日本人補上了歷史課，那一次談話則讓日本人知道了台灣目前的處境。當過去堅持「一個中國」原則的《朝日新聞》終於在自己的刊物上以「對談」的名義登出對台灣總統的一篇訪問時，《朝日》的轉向也很清楚了；《台灣紀行》其實爲那次的談話鋪平了道路。

李登輝是亞運風波大贏家

不久後發生了廣島亞運會的風波。李登輝要去日本，中共曾一度威脅杯葛亞運會。雖然最後李登輝沒去成，但是更重要的是，那幾個星期在日本各大報的顯眼位置上天天出現了台灣總統李登輝的名字。他的知名度一下子提高了。可以說，透過亞運會的風波，台灣在日本報紙上成功地占了個位子。同時，被捲進中台對立矛盾中的日本，對中共的高姿態並沒有好感。總而言之，廣島風波的大贏家無疑是李登輝。

這兩年日本傳媒和輿論逐漸轉向台灣，主要由於台灣本身的變化。有了言論自由，台灣本省人的聲音才能被日本人聽到。《台灣萬葉集》和《台灣紀行》充滿著台灣人自述光復以後在國民黨統治下他們長期吃的苦。最近由集英社出版的《台灣的蕃薯仔》是台灣人蔡德本用日文寫的自傳性回憶錄。這種聲音恐怕在解嚴以前的國民黨治下是不可能讓外人聽到的。

批日與親日情結均過去

台灣的民主化對日本傳媒的影響相當大。過去，大家認爲台灣＝國民黨。在那種情況下，誰跟台灣沾邊誰就是反動，因此對台灣最好敬而遠之。現在，冷戰成了過去，「六四」又把人們對中共的信仰徹底破壞了，在意識形態上，「左」的吸引力不再存在。同時，這幾年台灣進行了民主化。背著左派包袱的日本傳媒如《朝日》，不敢跟「反動國民黨」打交道，然而對方變成了「民主台灣」，則是另外一回事了。

以往台灣人的「親日情緒」在很大程度上基於對國民黨政權的反感：跟「外省豬」比起來，「日本狗」顯得文明。在那種比較之下產生的懷舊心理或親日情緒，不能說是很健康；不僅是其他地區的中國人感到彆扭，連有良知的日本人都覺得不舒服。顯然，隨著民主化的進展，台灣人已開始把日據時期和戒嚴時期都當作過去的事了。日本的中國通、共同社外信部副部長西倉一喜在《台灣的蕃薯仔》的書評裡寫道：「這本書充滿著黑暗時期結束後台灣人所感到的自由。」既沒有狹隘的民族主義者那種情緒化的對日批判，又沒有懷舊派那種不健康的親日情結。

台灣：亞洲的「夢工廠」

在日本，正在「發現」台灣的不限於老一輩人士。《每日新聞》記者上村幸治寫的《台灣：亞洲的夢物語》（新潮社），是年輕一代的日本新聞工作者親眼目擊台灣民主化的報告。作爲駐香港特派員，上村（一九五八年生）從一九八〇年代中起經常赴台灣。他認爲台灣的民主化是不流血的革命，是亞洲的奇蹟；甚至說台灣是亞洲的「夢工廠」。

《每日新聞》在日本的主流傳媒界算是「中道偏左」，其中國報導仍然以大陸新聞為主。上村把他親自採訪的台灣當代史寫成書而由被視為右派的新潮社出版，恐怕是他任職的報社還不願意把太多篇幅給台灣新聞的緣故。雖然如此，像上村這樣年輕一代的記者開始以正面的眼光來看台灣是值得鼓勵的。他既沒有像一些老一輩人士般的「宗主國心態」，也沒有像在冷戰時期培養出來的記者般有「國共對立」的框框。

官方的轉變與大陸的因素

日本解除「台灣禁忌」到目前為止主要表現在傳媒和社會輿論上。然而，日本官方看來在檯面下也有接近台灣的趨勢。去年廣島亞運會風波發生時，有日本官員私下表示：日本不可能永遠不理會擁有兩千萬人口的經濟大國。據了解，後來台灣行政院副院長徐立德率代表團入境是日方主動提出來的代替方案。另外，駐東京的台灣記者過去不可涉足外務省大樓，最近一兩年這一項禁令的實施也放鬆多了。

日本颳起的「台灣風」自然不能排除兩岸角力的影響。首先是以李登輝為首的台灣政府積極展開對日「公關」取得的成績。司馬遼太郎寫《台灣紀行》（包括跟李登輝的談話）和廣島亞運會風波是兩個既明顯又成功的例子。其次有日本朝野對大陸的看法。這兩三年，「中國經濟熱」席捲日本，「二十一世紀是中國的世紀」一類的說法到處可見。但是，越多日本人去大陸做生意，越多人了解在中國投資有多麼大的風險，中國的法制多麼不健全，官僚體制多麼腐敗。同時，日本人對「未來的經濟大國」中國有很深的恐懼感。這兩個因素加在一起的結果，便是在東京或香港，很多日本生意人異口同聲地說的一句話：「中國的前景不可能太好。」這個時候，中國運動員服食禁藥，或中國黑社會湧入東京等消息，很容易造成對大陸不利的印象；而相比之下，台灣顯得可親得多。

日本形成「新台灣」形象

日本正在形成的「新台灣」形象，主要有兩個內容。第一是「台灣人的台灣」：日本人開始認爲台灣問題其實不是「兩個中國」的矛盾而是「中國」和「台灣」的矛盾。第二是「民主的台灣」；而在現代社會，「民主」有安全、自由、開放、文明等積極的涵義。

筆者要強調，今天日本接近台灣跟過去蔣家王朝時代的「日華親善」有本質上的不同。台灣本身的變化反映在台日關係上；日本對海峽兩岸的看法也隨之變化。台灣之所以能夠在國際社會造成對其有利的輿論，說到底是因爲實現了民主化的緣故。對於海峽彼岸的大陸政權來說，其中應該有個教訓可汲取的。

1995

老情人寄來的情書
——《台灣萬葉集》

當日本詩人大岡信在他《朝日新聞》的專欄裡介紹了「台北歌壇」同人用日文寫的詩歌時，讀者反應之強烈好比他們忽然收到了闊別五十年的老情人的來信。爲數不少的讀者和出版商紛紛跟編輯部聯繫，要看更多的作品。皇后美智子亦命令宮內廳官員複印該報紙寄給「台北歌壇」組織人孤蓬萬里（吳建堂），以示鼓勵。幾個月後，集英社出版了《台灣萬葉集》，包括約兩百名台灣人的兩千首作品和吳建堂描述其中三十四個人的生活經歷。

台灣人五十年的生活感受

日本讀者對《台灣萬葉集》的強烈反應，一方面是因爲他們原來不知道在台灣不僅還有人會講日語，而且還有人用日文寫詩歌。平心而論，那些作品的水平並不很高，只是他們跟日本文壇的直接來往斷絕好幾十年，在台灣發展了一種有獨特風格的日文詩歌，在日本人看來頗爲樸素而非常新鮮。然而最重要的還是作品的內容，在三十一個日文音節裡，生動地表達出過去五十年台灣人的生活和感受。

翻譯詩歌極爲困難，筆者只能試圖把吳建堂的一些作品的主要意思翻譯成中文如下：

「君往陸／吾往海／曾憧憬／君戰死／吾係異國人」（吳建堂指出，在二次大戰中有很多台灣人作為日本兵戰死，他們現在被祭祀在靖國神社。）

「殖民地／可悲的命運／慨嘆著／回歸祖國之夢／在蓬萊。」

「為光復／歡欣雀躍之邦／竟死在冤獄。」

「有空襲／活過來之命／卻喪在國軍手裡。」

「宿命乎？／蓬萊之民／一生更三度國籍。」

「曾崇敬為皇的老人／在電視上的葬禮／眼睛濕。」

「獨立或統一／都係夢／蓬萊之民／幸福何時來？」

「為留『萬葉』之流／在此地／盡生命／詠歌下去。」（註：《萬葉集》是日本最古老的詩集。）

被拋棄的老情人寄來情書

筆者認識的不少日本人看過這些作品之後感動得大哭一場。「台北歌壇」同人畢竟不是日本人，而是在日本統治下的台灣長大的「日文族」（大岡信語）。他們繼續用日文寫詩，表示他們沒有忘記過去的因緣。

而且《台灣萬葉集》的作品保存著一些現代日本人已經失去的、屬於傳統日本的價值觀念，如對皇室的尊敬和愛護。對日本人來說，這本書好比是五十年前拋棄的老情人寄來的情書；中國人說「一夜夫妻百日恩」，難道是眞的？

語言是人和人之間最方便的溝通工具。同時，人和人之間的很多誤解也是語言所導致的。《台灣萬葉集》使日本人了解到老一輩台灣人的感受，這是無可置疑的。但他們並不代表今天的台灣；如今大部分台灣人不會講日語，更不會用日文寫詩。至於對日本皇室的尊敬，台灣的年輕一代根本不可理解。

日本老人的「信息時差」

日本颳起「台灣風」，先吹來的是「日文族」的聲音。這現象會不會在日本造成對台灣不正確的印象？筆者看來，越是年紀大的日本人，越容易忽略這裡存在的「信息時差」。

比如說，一九二三年出生的司馬遼太郎。他是出名的歷史小說家，前些時獲得了文化勳章。他在李登輝支持下寫的《台灣紀行》是戰後日本著名作家寫的第一部有關台灣的書，可以說是台日關係的里程碑。然而，他寫的《紀行》在形式上跟一般的紀行非常不同。去台灣採訪以前，他先閱讀大量關於台灣歷史的書，包括從古代到近代，其中大部分是日本人或台灣「日文族」寫的。

《台灣紀行》雖說是「紀行」，實際上一大半的內容是由司馬來重述他讀過的歷史；反映台灣現實的部分只屬於一小半。而且他也經常談及戰前曾住在台灣的日本人和台灣「日文族」（包括原住民）對過去的回憶。至於年輕一代，司馬接觸的只有輔仁大學日文系的研究生，自然都會講流利日文（所以沒有代表性）。

因此筆者認爲，拋開里程碑的地位，《台灣紀行》這本書本身只有作爲歷史書的價値。司馬遼太郎寫過關羽和劉邦，他也寫了鄭成功、孫中山、後藤新平（日據早期的民政官）和李登輝。對司馬的「歷史觀」，中國民族主義者恐怕會提出異議。他雖然原則上否定殖民主義，但對日本統治台灣的手法基本上給予肯定的評議。他幾次引用「常辛辣批評近代日本的邱永漢先生」的話寫道：「如果沒有日本統治，台灣島的發展水平大概跟鄰近的海南島差不多。」

政治上的曖昧成分

其實，以前也有人寫過台灣，黃春明的《莎喲娜啦．再見》亦有日譯本。但是，他們對日本的批評較爲尖酸刻薄，沒能引起日本人的共鳴。《台灣萬葉集》的成功似乎表示：要影響別人，最好的辦法不是講道理或加以批評，而是讓他們哭。

不能否認，「台灣日文族」的聲音在政治上有曖昧的成分。然而，客觀的現實是，這階段是和他們一代人要一起過去的。但願今後在台、日之間出現以相互尊重和平等關係爲基礎的溝通。

1996

「酷」台北

看香港的報紙，目前台海局勢似乎非常緊張的樣子。但有從台灣來的朋友，整晚不談飛彈危機選舉，卻問我「下次甚麼時候來台北跟我們一起喝酒？」而且不是一兩個，近兩週過來的人全是這樣。「哪裡有搶購物資這回事？只有在香港報紙上看到。」眞的？「哪怕眞正打起來，我們還不是要照樣喝酒唱歌到最後一個晚上嗎？」是這樣？

對台灣，或對台灣的民心，外面的人了解不夠多。那是我在春節前後在台灣待了兩個星期之後下的結論。報紙天天談飛彈危機，但至於台灣老百姓的生活，我們知道多少呢？比如說，你知不知道如今台北是全亞洲最有活力，也說不定是最「酷」的一座大都會？

其實，原來我自己都不知道的。爲了替日本雜誌寫關於台灣的文章，我事先列出了幾個題目來。其中一個是「酷的台北」，因爲我聽過來港的台灣同行嘆息說：「香港很悶，晚上沒地方可去。我們的台北有意思得很，酷得很。」不過，老實說，當初我不大敢相信台北眞的會那麼酷。畢竟，台北給人的印象一向是很土的。

誰想到，今天的台北眞的大酷特酷。雖然表面上看來沒有香港可愛，台北實際上有好多酷的角落。比如說光復南路二八〇巷，忠孝東路四段一八一巷等地區（在台北，酷的場所往往躲在小巷裡），有好幾家酒吧，放著爵士樂，賣紅酒、雞尾酒、各類洋酒，比蘭桂坊現代，後現代得多，而且全是台灣人爲台灣人開的，根本看不到外國人。例如位於忠孝東路四段麥當勞後面的「異塵」，設計不亞於紐約最時髦的超現代酒吧。對不喜歡回家的都會大孩子來說，台北好比是夜間的迪士尼樂園。

政治以外的信息

台北酷的不僅僅是夜生活場所，媒體等文化娛樂活動也滿活潑，滿酷，用台灣人的說法就是「好棒」的了。有線電視頻道多達六、七十（全世界最多），普及率超過百分之七十（全亞洲最高），家家戶戶都能收到美國、日本、香港、中國大陸等地方製作的各種節目。新的電台亦紛紛開播，聽眾透過電話參加的「叩應（call in）」節目很流行。

其中，最受歡迎的「非常DJ」，由台灣第一酷的都會FM電台「台北之音」每週五天晚上十點到十二點播音，主持人黎明柔是前香港中華旅行社總經理、台灣駐港代表黎昌意的女兒。

平面媒體也很酷。西洋雜誌的台灣版很流行，而且編輯方針特別「顚覆」（台灣目前的流行語）。比如說《Cosmopolitan》的台灣版「柯夢波丹」，從女性角度大膽地談各種性愛技巧，也刊登女性主義者的文章，相比之下，香港版顯得保守一百倍。台北書店之豐富，每一個香港讀書人早就知道。最近又出現了一些很酷的書屋。例如在台灣大學附近，專門賣有關女性以及同性戀書籍的「女書店」。類似的書店在每一個西方大城市早就有，但在華人世界應該是第一家的吧。

時下的台灣，好比在一場革命剛過後的混亂期。雖然骯髒的、難看的東西也不少，但整個社會充滿著生命力，對未來很樂觀，自然產生各種各樣很酷的現象。台北就在這潮流的最前頭。城鄉差異是有的，但我在中部小鎮也發現規模不小的書店和設計精緻的咖啡廳。（我向來認爲好書店和咖啡廳是都市生活不可缺少的兩個因素）

總而言之，我寫「酷的台北」材料太多而不是太少。我眞想不通，台灣社會的種種面貌，爲什麼在香港媒體上很少能看到？關於台灣的報導，爲什麼總是跟政治有關而幾乎沒有社會文化方面的消息？當台海局勢備受世界注目之際，我們有足夠的信息去掌握台灣人的心態嗎？

離香港到台北，坐飛機只需要一個多小時。兩個城市的主要居民又都是華人。如果香港人不大能理解台灣人的各種思維的話，一個很大的原因恐怕是媒體提供的信息不足。香港是亞洲的通訊中心，這裡報導的信息容易傳播到世界各地去。兩岸關係緊張的時候，香港有潛力透過諮詢來促進兩岸之間的理解。我希望今後在此間媒體上能看到更多反映台灣社會、民心的報導，何況台北現在眞的很酷。（一九九六年）

1996

乾杯！馬祖沒有台海危機

從馬祖莒光島鄉公所的窗戶往外看，隔著大海對面就是中國大陸福建省的平潭島。在台灣總統選舉前一天，我專程來到這個離島，就是想要看看最前線的氣氛究竟緊張到甚麼程度。

然而，陪著我聊天的王大捷鄉長正在喝茶、抽菸，一點都不顯得緊張。沒錯，東莒、西莒兩島的五百七十個居民當中，有三百八十個「避難」到台灣去了，大部分的商店也都拉下大門暫時不做生意。留下來的島民，包括全體公務員，都跟平常時一樣的生活著。王鄉長說：「我們在這裡，一點都不覺得緊張。有人去台灣『避難』，是媒體誇張報導的結果。」

我是三月二十日離開香港到台北，二十一日再飛往馬祖北竿的。在香港看報紙，台海戰局好像一觸即發。到了台北之後我才發現，雖然大陸飛彈演習對人們的心情不無影響，但從整個社會現象和民眾的反應看來卻感受不到真正的恐懼感。朋友說：「前線很緊張，很多居民已經撤退了。」於是我決定前往馬祖看看。

令人感到意外和驚喜的是，台灣航空和國華航空的班機照常營運。我以遊客身分赴前線，所以沒人向我問東問西。

只能容納二十人的小型飛機尚有幾個空位。機艙內除了我之外，還有一個丹麥來的記者，另兩個人穿著軍裝，其他的都是馬祖居民。機上一位馬祖北竿的旅館老闆娘說：「因爲中共演習，我們休假去台灣。現在要回去投票了。」

從台北搭飛機到馬祖只需五十分鐘。當小飛機降落在馬祖，感覺好像降落到軍營裡。這裡不僅僅軍民雜居，而且軍隊人口遠超過老百姓。放眼望去，街上隨處可見阿兵哥，運動場有幾百個軍人在演練，洗衣店裡掛滿軍裝。

小孩笑聲消解緊張心情

這是我第一次到訪馬祖。一開始看到那麼多軍人，而且有一半的商店關上大門，居民的生活顯然進入半停頓狀態，我也心裡開始感染到一點點緊張氣氛。可是，在街上行走了半個鐘頭之後，我已明白這裡根本沒有什麼「危機」。馬祖的阿兵哥照常休假，照常訓練。沙灘上沒有一個人影，公路邊有好幾個小朋友玩得很開心，我的心也隨著小朋友的笑聲而開朗起來。

乘坐計程車到北竿，這裡的橋仔村、芹壁村距中國大陸只有十公里，天氣好的時候能清楚地看到對岸。「演習？什麼都看不到。砲聲，好像聽到幾次。」芹壁村的居民拿著番薯，邊去皮，邊告訴我。居民們皆聽到從遠處傳來有如打雷般的聲音，但誰也搞不清到底是不是中國大陸的砲聲。馬祖居民講的是福州話，大部分居民在中國大陸都有親戚家人。平時海上的交易很多，有些人乾脆就渡海去探親。

再遇丹麥記者時，他正準備回台北，走之前他搖著頭說：「哪裡有戰事？哪裡有撤退？和我想像的完全不一樣。」我也開始搖頭嘆息，「馬祖是前線，離演習地點很近，但這裡根本聞不到『台海危機』的味道。」

放假而非撤退

當天晚上，我一個人在北竿小鎮，不知道去哪裡吃飯好。警察局分駐所的所長看到我在路邊抽菸，即邀請我到分所吃飯。幾個年輕的警察，大部分是當地人。他們開玩笑的說：「有錢人都趁這個機會去台灣放假了。我們不行，沒錢而且不能放假。」馬祖居民用的是「放假」一詞，而不是外面媒體用的「撤退」和「避難」。

第二天早上天氣不好，飛機停飛。去南竿的船照開。到馬祖採訪的記者全住在南竿，這兒是縣政府所在地。早時來的外國記者都已離開了，留下的只有台灣的新聞工作人員，還有一些香港記者。

這是選舉前一天，記者們都去參觀國軍演練。我對阿兵哥跑步不感興趣，正好碰上民進黨國民大會代表候選人魏耀乾。他要前往莒光慰問居民，我決定跟他一起前往最前線。

從南竿到莒光要乘坐一小時船。從船上望出去，我看到島上到處都是堡壘。不一會兒我幾乎不能站立，因爲浪大得比解放軍演習還要恐怖。莒光碼頭有好幾個帶槍的阿兵哥，氣氛比北竿、南竿還要緊張。走上石梯，看到大部分房子關上大門，顯然居民眞的跑光了。

解放軍演習鄉長聞名

不過，走進鄉公所，我聽到的是公務員聊天、開玩笑的熱鬧聲音。王鄉長搖著頭說：「這裡沒有什麼，你們記者應該照實報導，不應該亂誇張。」對岸的平潭島開始演習以後，王鄉長突然變成了新聞人物。我們未離開時，他也接到香港新城電台打來的訪問電話。王鄉長接著又說：「好幾個老同學，幾十年來沒有音信的，突然都打電話來慰問，我眞的哭笑不得。」因爲他自己連砲聲都沒有聽到。

莒光的國軍也都是照常訓練，照常休假，許多阿兵哥在路邊排隊買炸雞吃。沒放假的阿兵哥照常接受訓練，那是他們日常生活的一部分，並不是因爲這次的軍事演習才做的。

當然大部分居民「放假」到台灣，留在島上的居民就顯得心情不好。有人從中國大陸漁民那兒聽到些消息，一個商店老闆說：「他們說，中共因爲李登輝『才要攻打台灣』，因此漁船要停止作業。我們這邊根本沒有打中共的意思嘛，是中共搞演習。」如果前線有任何戰爭徵兆的話，那就是「心理戰爭」，而其中媒體大肆報導起的作用也不小。

眞奇怪，目前全世界都在關注台海局勢，而在最靠近演習地點的莒光，我卻看不到「兩岸對峙」的情形。居民都知道大陸不大可能攻打這個小島。即使眞正開戰，也只是海上封鎖，而那時候受影響的是全台灣，絕不僅是莒光、馬祖。因此，居民照常生活。

喝高粱酒醉眼看平潭

中午，王鄉長請我們吃飯，還開了一瓶馬祖高粱酒助興。在小小的飯館二樓，我的背後是大海，對面卻瀰漫在霧裡，模糊地看到中國的平潭島。

這是台灣總統選舉的前一天，在我眼前的是舉世注目的解放軍演習地點。海面很平靜，沒有任何異狀，我跟王鄉長乾了一杯高粱時心裡想：「沒有一件事情比現在的情景還能夠證明，這裡跟外界的報導相反——台海局勢毫不緊張。」

飯館裡電視機中的新聞節目還在報導：「馬祖國軍今日進行反登陸訓練。」但是在最前線的莒光，我身邊有好幾個放假的阿兵哥，他們正在看電視。吃完飯後，我們回北竿。在碼頭有許多計程車司機等著客人，他們討論著總統選舉。在靠軍隊維生的離島，除了外來的記者以外，沒有人談對岸的演習。

我要趕回台北，從碼頭直接去馬祖機場。幸虧下午天氣好轉，航班恢復正常了。三月二十二日下午兩點半的國華班機，乘客只有我一個人。大家都開玩笑說：「這是你的專機呀！」我和飛行員聊天，氣氛特別放鬆。雖然這兒是中國大陸和台灣之間的前線，然而我卻不是「撤退」回台北的居民。

1996

廣東話和台語

曾經很長時間，我以爲廣東話是「語言」而不是「方言」。原因很簡單。無論是發音、詞彙、語法，廣東話和普通話的區別比在兩個歐洲語言（如西班牙語和葡萄牙語）之間的不同還要大。人們把葡萄牙語當作「語言」，卻把廣東話當作「方言」，我當時認爲是政治因素所決定的。葡萄牙是個「國家」，所以可有自己的「語言」，廣東向來是中國的一個「地方」，因此只能有「方言」。

在語言學上，「語言」和「方言」之間並沒有科學的分別。如果西班牙明天侵略葡萄牙，那麼葡萄牙語後天淪落爲西班牙語的一個方言，是完全可能的。

我當初的想法，雖然在邏輯上說得通，但實際上不符合香港的現實。我愈來愈認爲，廣東話確實是中文的方言，缺乏「言語」該具備的各種條件。

廣東話書面語？

其中最大的是，廣東話沒有正式而固定的書寫法。沒錯，香港各通俗報章刊登用廣東話寫的文章。然而，絕大部分是「國粵混用」「半文半白」「中英雜居」的怪文。而且，同一個廣東詞在不同人的文章裡而以不同的字出現。總而言之，在今天的香港，規範化的廣東書面語是不存在的。

「因爲廣東話裡頭的一些詞是沒法用漢字來寫的」，香港朋友們常說。但這是詭辯。任何一個語言都先作爲口語誕生，然後經過人的努力，才得到書面化的方式。也就是說，今天的廣東話沒有規範化（正式而固定）的書面語，只是因爲昨天的廣東人沒做這方面的努力。

廣東話之所以是方言，而不是語言，一個很大的原因是香港人自己向來把它當作方言。香港是以廣東人、廣東話爲主的社會。如果大家有「廣東話該成爲語言」的共識，不管困難多大，始終有實現的可能性。

其實，香港人常用「廣東話」一詞，已經清楚地表示，他們對「廣東話」的態度。「話」這個字顯示，「廣東話」只是「地方話」，在層次上不如「語言」。相比之下，「粵語」一詞暗示的尊重程度更高。

反過來看台灣，那邊的人已慣用「台語」一詞，而幾乎放棄了「閩南話」這個說法是值得注意的現象。台灣所謂的「台語」和大陸的「閩南話」實際上區別不大。可是，隨著本土意識的提高，人們開始把原來的「方言」當作「語言」看待。

為方言爭一席位

「台語」恐怕是跟「國語」的對立或競爭之下產生而鞏固的概念。大陸的閩南人從來不懷疑他們講的是中文裡面的一個方言。如今的台灣人則不同。他們質疑爲什麼自己不可以有一個語言，爲什麼要接受「方言」的地位。

這樣子，似乎回到了我在前面提到過的「語言政治」問題。跟西班牙語沒多大分別的葡萄牙語既然能擁有「語言」地位，「台語」也說不定能得到「語言」地位。

問題是，在台灣，「國語」霸權的程度遠超過香港。那邊的報章上也沒有用「台語」寫的文章。換句話說，「台語」比「廣東話」還要缺乏成爲「語言」的條件。因此我估計，台灣人的「口語」變成正式「語言」的可能性不高。何況今天的台灣小孩多數先學會「國語」，然後在學校裡上課學習自己的母語。

不過，意志的力量是不可低估的。總統選舉之後，李登輝的當選演講是「國台混用」的。他一會兒講國語，一會兒又講台語，而絕大多數台灣人不僅完全聽得懂，而且感到親切。

對於台灣語言今後的發展，李登輝那次演講的啓示很大。爲了升級成「文白一致」的「語言」，台灣口語要吸收很多國語的詞彙，同時書面語要逐漸增加本土化的因素，直到「台語」得到和葡萄牙語相同的國際地位。

1996

李登輝情結與民主政治

李登輝得以當選台灣第一任民選總統，在台灣很多人說是選民的「李登輝情結」所導致的。甚麼叫「李登輝情結」？台灣朋友們的解釋是：人們對第一個本省籍總統的說不清的迷戀。

眾所周知，「情結」一詞經常指的是「不合理的戀情或執著」。台灣朋友們用「李登輝情結」一詞來形容選民對李登輝的感情，是由於他們認爲：按道理「不應該」愛李登輝。他有甚麼不值得選民愛的地方？「口齒不清，愛搞派閥政治，黑金體質嚴重」等等，每一個台灣人都能夠列出一大堆李登輝的「缺點」。其實，在總統選舉前夕的台灣，沒有一個當地人說李登輝的好話。從計程車司機到新聞記者，幾乎人人都臭罵李登輝，然而到投票時刻，過半數的選民還是支持李登輝。這確實很像一種集體情結。

有趣的是，就是因爲有深刻的「李登輝情結」，台灣人自己好像很難理性地分析對李登輝的感情。台灣報章常常用「李登輝情結」這個詞，但同時不對它下嚴格的定義。人們說，那是「對第一個本省籍總統的說不清的迷戀」。不過，如果省籍是唯一的因素，他們亦可愛上其他本省籍候選人，所謂「棄彭保李」無法解釋。

實際上，台灣選民對李登輝的支持並不是情結，反而是理性的決定。沒錯，李登輝有一大堆缺點，然而，政治本來就是妥協的遊戲。民主政治意味著老百姓要參加妥協的遊戲。

海外有分析家說，台灣大部分人想獨立，只是由於來自大陸的壓力不敢說出來罷了。因此，替大眾主張台獨的民進黨是最誠實而勇敢的。說要維持現狀的其他候選人則是不誠實而膽怯的。多數台灣人的理想確實是台灣獨立。然而，他們的台獨心願卻有一個很重要的條件，即「如果可能的話」。這一句話絕對不表示不誠實或膽怯，反之表示現實而冷靜。

畢竟，總統直選的目的不是爲了比誰對誰錯，而是選擇對百姓生活最有利的領導人。台灣人民自然要冷靜地考慮到可能發生的現實後果，他們「棄彭保李」是很明智的。因爲大陸說得很清楚，只要宣布台灣獨立，馬上動武解放台灣。

主張台獨的民進黨也許代表台灣人的潛意識和理想。政治家不應該沒有理想，但光有理想而脫離現實的領導人是非常危險的。所以，台灣百姓寧願支持李登輝是他們理性的表現。不管眞正要的是甚麼，一旦說出口就要面對很大的危險。這情況對台灣人來說當然是很不公平的，但現實是現實。明明想要獨立，卻絕對不直說的李登輝，比誰都清楚地代表台灣人。

在電視上看李登輝當選之後的演講，也明白他對台灣選民的魅力。一會兒講台語，一會兒講口音滿重的國語，說起英語來又很辛苦的李登輝，就是地道台灣人的體現。台語是本省人的母語，但如今很多台灣小孩先學會的是國語，因爲國語霸權是台灣的現實，在這一點上，從頭到尾講台語的彭明敏又至多代表台灣人的理想，而不代表台灣人的現實。

有位台灣朋友說：「如果大家的腦袋很清醒的話，應該支持陳履安。因爲他說話最合理。」沒錯，陳履安的確是這次選舉中的一股清流。問題是，台灣人目前面對的政治現實不是合理的，他們必須在不合理的環境裡面做出最佳決定。因此「說話最合理的陳履安」反而不一定是「最合理的選擇」。

另一位朋友說，他對「整個的選舉過程太失望了，所以沒有去投票。」這樣的反應其實是很自然的，在目前台灣特別不合理的政治現實裡頭，選民要妥協的程度只好異常高，有點理想的人面對這樣的選舉，自然感到很失望。

所謂「李登輝情結」大概也包括選民對他「主流地位」的認同。台灣人長期受外來政權的統治，一直毫無選擇餘地，被動地處於非主流地位。當他們看到終於有個自己人爬上主流而感到高興，想支持他，是再自然不過的。當然，這又不等於說，李登輝的各種行爲可以不受批評。但這一點，看來不必擔心，因爲台灣人之所以用「李登輝情結」一詞來形容對本省籍總統的支持，已經清楚地表示，人們意識到並警惕自己心裡的「情結」。

總之，台灣人的「李登輝情結」即使眞存在，也不是那麼嚴重的。過去在蔣氏父子統治下，台灣大部分老百姓都是政治上的反對派，當時他們可以光講理想而不講現實後果。如今則不同，在民主制度下，老百姓當家，要對自己選擇的結果負責任。因此，在「理想」和「現實」之間，選擇後者是台灣民主政治成熟的表現，如果台灣知識分子懷念已失去的理想而爲「現實的今天」感嘆，那才是眞正的情結，即「反對派情結」。

1996

「白色恐怖」成了「後現代」？

「我帶你去後現代酒吧，好嗎？」台灣朋友M小姐問我。「好啊。」回答著，我想像的是如今在台北爲數不少的超現代酒吧，也就是設計新穎得讓客人找不到廁所門的那種。然而，我們去的倒是離總統府不遠，躲在小巷裡一點也不顯眼的一家小酒館叫「阿才的店」。我一進去便知道，這兒是以「復古」爲賣點的場所：裡面的擺設、家具、音樂，甚至碗筷，全是台灣一九六〇、七〇年代的，賣的飯菜也很有台灣「本土味」。怎麼可能是「後現代」呢？

「白色恐怖」已非常遙遠

「這是再現白色恐怖時代的地方，我們新聞記者常來喝酒」。M小姐給我解釋。當初的概念混亂過去了之後，我慢慢開始發覺，對二十八歲的台灣「新人類」來說，「白色恐怖時代」已經非常遙遠，根本不屬於在她腦子裡的「現代」。她沒辦法認同中年記者的「懷舊」心態，卻把「阿才的店」看作是個很有趣、很新鮮、別具一格的時髦場所。她用「後現代」一詞來形容它，雖然在概念上不大準確，還是很清楚地讓我們知道目前在台灣社會存在的代溝，也讓我去思考台灣人的歷史觀。

我在台灣進行採訪，不管對方是新人類還是舊人類，經常聽到「白色恐怖時代」這個說法。他們指的是從光復到解嚴的四十多年時間，既包括「二二八」又包括「美麗島」，甚至可能包括「五二〇」（一九八八年的農民運動）。在採訪的過程中，每次話題涉及到過去的事情，我很自然地提問，「這是什麼時候的事？」心裡期待著「一九五〇年代初」、「民國七〇年代末」一類的答覆。然而對方十之八九會回答說是「白色恐怖時代」。我只好問：「那大概是民國多少年呢？」

值得注意的是，台灣的「白色恐怖時代」不僅僅是政治上的一段時間，而且是包羅生活各方面的、整體性的、很全面的概念，好比大陸人所說的「解放前」，或者其他人所說的「戰前」。在台灣人的主觀感覺上，「白色恐怖時代」離「現在」特別遠。因此，當台灣人用這個詞的時候，語感倒有點像歷史上的「中世紀」。

「白色恐怖」成懷舊對象

考慮到台灣社會過去幾年發生的種種變化及其速度，當事人覺得戒嚴時代「老早」過去了，如今是「完全不同」的一個時代，是可以理解的。說到底，解嚴和接著而來的民主化等於一場無血革命。解嚴在台灣人的腦裡成爲時間上異常清楚的一條界線是理所當然的。只是，他們的歷史區分跟外面的人非常不一樣罷了。也難怪，當別人有了「戰後」的時候，台灣卻開始了「白色恐怖時期」，當別人經歷「一九六〇年代」、「一九七〇年代」的時候，台灣老百姓則停留在漫長的「白色恐怖時期」。反過來說，對台灣非常重要的一九八七、八八年，在別人看來是普通沒有特色的年份。

我們在外面（包括香港），對台灣的印象轉變得不夠快。雖然明明知道台灣已經完全民主化了，但總是覺得解嚴是「最近」的事。這樣一來，跟台灣人的溝通就容易出差錯了。因爲他們的現實是民主化、自由化、多元化的台灣。年輕一點的人早就不記得「白色恐怖時期」，反而把它當作「後現代」的新鮮事物。

其實，對中年以上的台灣人來說，「白色恐怖時期」也已經開始從「過去的經驗」變成「歷史上的一段時期」了。當心靈上受傷的記憶猶新的時候，「白色恐怖時期」不可能成爲懷舊的對象。如今它完全過去了，所以才出現很多「阿才的店」般的復古酒館。我問一個台灣朋友：「『白色恐怖時期』這個詞是甚麼時候開始流行的？」他回答說：「大概在白色恐怖最後的幾年裡已經有了這個說法，但眞正流行是最近兩三年的事情。」由於「白色恐怖時期」畢竟是歷史上的名稱，當「白色恐怖」的現實消失了之後，名稱方有普及的可能性。有如生活在「封建時代」的人不會知道自己所處的是「封建時代」一樣。

當初，「白色恐怖時期」一詞應該具有強烈的批判或諷刺意義。然而，後來台灣社會經過「悲情時代」而進入了「大和解時代」。當人們回顧「白色恐怖時期」時，心裡有了安全距離，因而慢慢開始產生浪漫的感覺，那就是「白色恐怖懷舊潮」的基礎。在這一點上，台灣的復古酒館有點像北京的「老三屆飯館」。區別在於，「老三屆飯館」只屬於一代人，台灣的復古酒館卻能吸引各年代的台灣人。

這無疑是台灣人正在重新發現並塑造本土歷史的緣故。跟台灣朋友們交談，我不能不注意到，他們的「現代」是解嚴以後才開始的。民主選舉，言論自由，思想開放，台語正式普及，生活都會化，海外旅遊流行，全是過去幾年的事情。那以前就是四十多年的「白色恐怖時期」，是生活各方面都受國民黨政府壓迫的「黑暗中世紀」。

我也注意到，對更早以前的歷史，台灣的外省人和本省人各有不同的認識。對外省人來說，「白色恐怖時期」以前便是「八年抗戰」，再追溯上去就是中國歷史了。在台灣占多數的本省人卻認爲，「白色恐怖時期」以前就是長達五十年的「日據時代」。而對中年以下的台灣人來說，「日據時代」是從小在家裡聽父母或祖父母講的，童話般快樂的Belle Epoque（美好年代），甚至是「被奪取的伊甸園」。這有兩方面的原因：首先，台灣本省人習慣於拿「日據時代」跟「白色恐怖時期」比較，結果前者顯得比後者可愛得多，尤其當他們知道「日據時代」再也不可能回來之際。其次，在國民黨統治之下，台灣歷史在長時間裡以外省人寫的爲正統。本省人的「日據時代」歷史只好作爲「傳說」在民間流傳下來。當一個族群的歷史被迫變成「傳說」時，「美化」是必然的後果。

台灣人想像的中國風格

總而言之，台灣本省人對「日據」的理解跟外省人的「抗戰史觀」有根本性的不同，也跟大陸以及其他地區的華人很明顯地不一樣。外人不一定需要同意他們的史觀。但若不了解它，跟台灣本省人溝通一定非常困難的。（請注意，我在這裡談的是「史觀」而不是「史實」。對大多數人來說，一九五〇年前的事情畢竟不再是親身經歷，而是從某種管道學來的知識和觀念。）

值得關注的是，本省人的歷史觀念從「日據時代」再追溯上去，馬上開始顯示「史前」般的模糊面貌。一方面，一直到九〇年代初，台灣本土歷史的研究被當局視爲有台獨目的而遭禁止。雖然最近幾年「台灣史」是學術界以及媒體的一股潮流，但是還未能夠成爲廣大台灣老百姓的共同知識。因此他們對「日據以前的台灣」沒辦法有清楚的概念。另一方面，台灣本省人對「中國」的認同感本來就不怎麼強，隨著解嚴後的「本土化」，他們主觀上跟「中國」的距離越走越遠。當然，本省人也知道祖先是幾百年前從中國大陸來的，講民族他們應該是「中國人」。然而，實際上，他們已經至少一百年生活在「中國」之外，對大陸又很長時間只能想像而沒法過去。結果，他們對「中國」的認識，幻想的成分多於現實的成分。這是我們只要去一兩家「中國復古」式的台灣酒館看看，就很容易能看到的事。裡面的擺設包括龍、蓮花等「古代中國」的形象，清代的家具，鴉片煙館般的躺椅，上海三〇年代流行的美人掛曆，以及香港六〇年代以前的art deco（裝飾藝術）式室內設計（恐怕是王家衛懷舊電影的影響）等等。整體印象與其說是「中國」，倒不如說是西方人想像出來的chinoiserie（中國風）。時間參照系的混亂程度和各種符號的誤讀頻度，只好說是名副其實的「後現代」。

「中國」概念的本土化

當台灣的年輕一代設計復古酒館的時候，「白色恐怖時期」甚至「日據時代」都是「寫實」的。但是一旦開始做「中國復古」，他們非得跳躍到「幻想」或「超現實」的領域不可。我在前面說過，對台灣人來說，中國大陸很長時間是只能想像而沒去過的地方，這是他們的中國觀很不現實的一個原因。不過，我也得指出，最近幾年大陸和台灣的民間來往，在增加了台灣人對大陸的理解的同時，好像亦增強了他們對「中國」的幻想。這是因爲，台灣人覺得現實的大陸太糟糕，無法接受。若想保持作爲「中國人」的文化身分，他們只好按照自己的心願去重新塑造「美麗中國」的形象，即使那美麗的中國只能在他們的幻想裡存在。所以，在台灣，連「中國」這個概念都只好逐漸「本土化」。一半的責任則在大陸。

總而言之，台灣人目前的歷史觀主要由四個部分組成：「現代」、「白色恐怖時期」、「日據時代」，以及「史前」或「幻想裡的中國」。所謂「現代」，從開始到今天實際上還不到十年，但在台灣人來說是很長的一段時間，因爲他們在這幾年裡經歷過的事情確實非常多。「白色恐怖時期」早已是相當遙遠的時代了，如今他們回想都不會覺得痛苦，反而感到懷舊的浪漫。正面的「日據時代」在大中國主義者看來應該是最富有爭議性的時代。因爲對大陸政權來講，八年抗戰是中國人民的「創世紀」。它不僅是歷史上的一段時間，而且是象徵民族苦難的「神話」。換句話說，是現代中國最大的「情結」。

我個人認爲，「日據時代」對台灣人的重要性今後會慢慢減低。現在的多數台灣人，已經不同於李登輝一輩，他們作爲台灣人的歷史身分認同，再也不需要拿出「日據時代」來當證據。民主化、自由化、多元化的「現代」本身足夠證明他們是「台灣人」。

以「今天」為起點的歷史觀

至於台灣人史觀和大陸人史觀的另一個重大區別是，台灣人看歷史的眼光，是從現在出發往過去看的。也就是說，最重要的是「今天」。這是目前的台灣社會充滿著自信心、對前途相當樂觀的緣故。相比之下，大陸人看歷史的眼光，是從秦始皇或更早出發往今天看的。這樣一來，他們只好總是拿「過去強大的中國」跟「近代以後淪落的中國」比較。因此作爲中國人的歷史使命就不外是「統一全國」並「讓列強拜倒在我腳底下」，充滿火藥味是滿自然的。

有了以「今天」爲起點的歷史觀，台灣的外省人和本省人才能夠進入「大和解時代」。他們之間在史觀上的分別今後會越來越不重要，直到共同的「台灣史觀」成爲大家的共識。那個時候，台灣人的歷史終將跟中國大陸一刀兩斷。不必說，共同的歷史意味著共同的民族（看看世界各地的猶太人），不同的歷史則意味著不同的民族。畢竟，同一個血統不一定是同一個民族的充分條件。

1996

文化的旋轉木馬
——台灣和日本

老實說，我對台灣並不是一見鍾情。前兩次作爲遊客去台北幾天，我都覺得極爲不舒服，甚至心裡不安，因爲台灣太像日本。

最初印象：太像日本

台灣曾經是日本殖民地，如今還能到處看到日本的影響。舊式的日本房子，溫泉旅館的榻榻米房間，台語裡面的日本詞彙，在火車上賣的「便當」、「壽司」等等，都應該是日據歷史遺留下來的。

但在台灣，像日本的不僅是過去的影子。兩邊種了街道樹的台北仁愛路很現代，卻讓我想起東京的青山通；忠孝東路的咖啡廳也好像是直接從東京移過來的。逛書店便發現有賣很多日本雜誌，打開電視機就能看到幾個專播日本節目的頻道。

再說，台灣人也像日本人。雖然說的是中國話，聽他們表達的內容，又很像日本人。餐廳裡工作的小姐，沒有甚麼對不起我的地方，仍然重複地說「抱歉，抱歉」。去快餐廳就能聽到「謝謝光臨，請慢用」一類話。這些話，聽起來不大像我以往在大陸、香港所熟悉的中國話，反而更像是把日本話用中文說出來的。

在一個外國城市，眼看不管是舊的東西還是新的東西都這麼像日本，我不能不想到「文化帝國主義」一詞而覺得頭痛。

戰後日本的多數知識分子受了左翼史觀的影響，對日本當年的侵華行為深感內疚，占領台灣尤其是侵華的起點。去台灣的日本人，一般都是普通老百姓，台灣從來不是知識分子選擇的旅遊地點，一個原因就在這裡。我自己因為在中國大陸念過中國近代現代史，腦袋裡的抗戰史觀根深柢固。我對日本、中國都很熟悉，在台灣指出「不像中國，像日本」的現象實在太容易了。

在生活層面接觸台灣人

以前在海外，我碰到過很多台灣人，其中不少對日本是滿友好的。但我還是在他們溫和的措詞裡刻意尋找對日本的批判。也許這種心理有些變態，可是在戰後的日本，想做一個有良心的知識分子，很難沒有變態心理。畢竟，過去很長時間，我們所聽到的台灣人的聲音，一般都是以黃春明的《莎喲娜啦．再見》為代表的「民族悲憤」。因此，在台灣看到當地人對日本文化毫無批評地接受的樣子，我的思想難免很混亂。作為學中文的日本人，我早就習慣聽中國人罵日本。對「親日」的台灣人，我反而覺得非常不習慣，甚至懷疑他們是否缺乏民族尊嚴。

現在回想起自己當時的思維，我不能不臉紅。我實在太不了解台灣，也太不了解「文化」了。

一九九六年二、三月，我去了兩趟台灣，在美麗島總共待了三個星期。這次的目的是採訪，接觸的人相當多，而且大部分是中年以下的本省人，也就是如今在台灣占過半數的社會主流人士。跟他們聊天、吃飯、喝酒、唱歌、泡溫泉，我終於有機會在生活的層面探討台灣文化中的日本因素。

台語裡的日語詞彙

「小時候叫父親『多桑』。我做壞事，他罵我『八格野鹿』。當年的台灣很日本。」三十幾歲的台灣朋友告訴我。跟「多桑」一代不同，他自己不會說日語，只是知道台語裡面的一些日語詞彙而已。有一個晚上在陽明山的公共溫泉，我也聽到台灣女人向長輩夥伴說「歐巴桑，哈壓庫」，很明顯是日文「阿姨，快點」的意思。但她又不是在講日語，卻在用已變成台語的外來詞。

這些外來詞到底有多少，我無法知道，但有兩點是很清楚的。首先，其中不少詞在日本早就是過時甚至消失了的，比方說，我們這一代的日本人叫父親「多桑」的不多，我自己從小就用「爸爸」（Papa）一詞。又比方說，前兩年當李登輝形容大陸領導人時用的「阿他馬空固力」（水泥腦袋），應該是日本幾十年前的流行語，如今在東瀛已沒有人用，年輕日本人聽也聽不懂，在台灣卻仍然在廣泛被使用。

其次，有些詞的語義或多或少已經台灣本土化了。他們說出「奇摩基」（心情、感覺），「阿莎力」

（大方、爽快）等詞時的語感，和日文原義有微妙但明顯的不同。

已遠走的初戀對象

考慮到戰爭已過去了五十年，這兩種現象其實是很自然的。當我聽到台灣日語詞而發現每個人都帶有共同的口音時，心裡產生一種難以形容的鄉愁，有點像看很久以前的照片。我知道，台灣朋友們講的是「時代性的方言」。

日語跟中國話比較，是變化很快很大的語言。今天的中國人看一九三〇年代的上海電影，理解台詞應該沒有問題。可是，年輕的日本人看一九五〇年代的老片子，不一定能聽懂全部會話，因爲每一個時代的日本口語都有獨特的口音和一大堆流行語，如今講話的速度也比三、四十年前快得多了。台灣日語過去半個世紀幾乎沒有跟日本口語交流，結果，一方面保留了在日本早就消失的語詞和口音，一方面又有了獨特的發展。

值得一提的是，大部分台灣人相信，台灣日語詞跟現代日語是一樣的。朋友們高高興興地跟我講源自日文的很多詞，毫不懷疑我能聽懂而表示認同，這是相當令人尷尬的場面。如果我講出事實來，有可能傷害朋友的感情。因爲對台灣人來說，日據時代是「被奪取的童年」，五十年前遠走的初戀對象。我怎麼敢透露「他已經變了」這種殘酷的消息？

不一樣的陽明山溫泉

若說台灣日語詞是「時代性的方言」，台灣日本文化亦可說是「地方性的次文化」。日本朋友們全告訴我應該去北投溫泉，據說那裡有純日本式的澡堂、旅館，有很多日本遊客。台灣朋友要帶我去的卻是離北投不遠的陽明山溫泉，台灣味道很濃。

第一次去陽明山，我只是晚上在公共溫泉池泡了一下而已。男女分開的木頭小建築，除了大溫泉池以外，沒有任何設備，滿有氣氛，而且是免費、公開的，但溫泉的使用法和日本有所不同。

在台灣，人們簡單地沖了身體之後，直接進熱水池坐一坐，直到流汗泡個夠。反之，日本人所說的「洗澡」意味著徹底的洗刷。在日本，溫泉澡堂一定備有一排又一排的水龍頭和肥皀，進熱水池以前每個日本人要用肥皀把全身洗得乾乾淨淨，看其認眞程度，絕不僅是爲了衛生，有位西方作家竟形容爲「宗教儀式一般」。我覺得，台灣人好像專門吸收了日本溫泉文化當中舒服而放鬆的部分，同時聰明地迴避了大和民族的潔癖和神經質。

第二次去陽明山溫泉，我和一個台灣朋友住在國際大旅館。這是日據時代蓋的石頭大洋房，非常莊嚴好看。要是在日本的話，大概早就成了文物。拖鞋看起來是日本式的，不過多數房間倒是西方飯店模樣。我堅持要住榻榻米房，泡了溫泉之後，一定要在地上盤腿喝冰啤酒。我的朋友是在台式三合院裡長大的中部彰化人，但她畢竟是台灣人，坐在榻榻米上很自在，完全不同於非得坐沙發椅不可的香港人。

終於能欣賞台灣

國際大旅館的榻榻米套房是台灣式的。雖然有榻榻米、紙門、「布團」（被褥），但每個小節都不像日本。例如紙門的尺寸，日本人一看就知道不標準，上面畫的白梅也不像日本畫。又如整套房的設計，去洗澡間來回必須經過廁所。在日本文化裡，洗澡屬於「淨」，排泄則屬於「褻」。從洗澡間一出來馬上進入廁所，有潔癖而神經質的日本人是受不了的。

還好，我住國際大旅館是在台灣的最後一個晚上。這時，我已經學會了如何享受台式日本文化。管它像不像日本，只要能讓人感到舒服、放鬆，便達到了溫泉旅館存在的目的，而台灣文化，確實很能使人感到舒服、放鬆。台式溫泉旅館之所以「不像」日本，並不是說它有什麼「不對」，而是說它富有獨特的台灣味道。當初因爲台灣「太像日本」，我感到心裡不安。正因爲「不像日本」，我才能欣賞台灣。

不過，向台灣朋友解釋我的思路卻不是一件容易的事。一不小心，他們會以爲我在說台灣溫泉旅館「不地道」，實際上，我是要肯定台灣的「本土文化」。

文化這個東西，本來就有混血的命運。如果早期沒有受中國文化的影響，日本傳統文化絕對不可能出現。同時，後來發展的日本文化，又是完全分別於中國文化的。受過日本文化影響的台灣，如今有自己的一套文化是既自然又正常的。

混血是正常現象

「中國─日本─台灣」的文化影響，我們可以發現一些具體的例子。比如說，台灣的茶藝館，在概念上，不同於中式茶館或港式茶樓，茶藝館是台灣獨有的休閒場所。雖然主要賣的是中國茶，收費高，亦賣幽靜的環境和文雅的氣氛。觀察內部擺設，茶藝館的美感基調明顯受著日本茶道的影響。眾所周知，茶葉、茶道，原來都是從中國傳到日本去的，之後才發展成日本獨特的形式。跟茶道分不開的禪宗，也是中國傳授給日本的。由此可見，文化是影響來影響去的旋轉木馬。

其實，今天的日本人用筷子、吃豆腐、寫漢字、練書法，哪一樣不是跟中國學的？有沒有中國人以爲這就是「文化帝國主義」的體現而感到內疚？當初我受不了台灣太像日本，看來並不能說是良心所致，而是由於對「文化」現象本身的理解不足。

在陽明山國際大旅館，和晚上騎摩托車過來聊天的小伙子，我和兩個台灣新新人類談「文化」問題。他們自稱是「台灣華人」而不是「中國人」，在轉變期的台灣，正在很認眞地探索自己的文化身分。

「小時候，我家附近有日本房子。幾年前去日本鄉下旅行，看到了一模一樣的。」她在一九六〇年代末出生，小鎭百姓的生活裡面沒有日本人，但有些日本房子卻幽靈般地保存著，給小孩子留下深刻的印象。在同一時期的日本，那種舊式房子早就拆掉了，我自己很少看到過。如今更幾乎不存在了，只有偏僻的鄉下才有一些。我想，這位台灣朋友在日本經驗的是一種Déjàvu（似曾相識幻覺）。

幽靈般的「日本房子」，一方面像台灣日語詞：在日本已被淘汰的東西，在台灣卻保留下來。文化本該是「活」的現象。幽靈的存在表示，在台灣，「日本文化」早就死掉了。同時，我們也知道，原先從日本來的一些習慣，如泡溫泉，經過「本土化」之後成爲「台灣文化」的一部分。還有像茶藝館，最後發展成獨特而精緻的文化現象。

尋找本土文化身分

在台灣待了三個星期之後，我能夠接受既像日本又不像日本的台灣，而且覺得她很可愛。不過，台灣朋友對日據時代的浪漫情緒，我始終覺得有點不正常。他們的浪漫情緒站在「雙重否定等於肯定」或「敵人的敵人是朋友」的邏輯基礎上。在尋找本土文化身分的道路上，當他們告別「悲情時代」之後，勢必要從台灣民族主義的角度重新評估日據時代。也許，到那時我要告訴他們：不必全盤否定日本文化因素；文化這個東西，本來就是影響來影響去的旋轉木馬。

1996

「電動棒」與「振動器」

——台港兩地的城市文化

「香港跟台灣到底有什麼不同？」日本雜誌的編輯問我。

這是標準的good question。我一時不知道該怎麼回答才行，不是想不出，而是在我腦子裡，香港和台灣是完全不同的兩個社會。好比冰箱和榴槤，它們之間的區別到底在哪裡？

現學現賣的最佳例子

「區別很多呀！語言不同，人也不一樣。總而言之，香港文化和台灣文化是兩碼事。」我說。

「但都是中國人的地方，講中國話，不是嗎？」他不理解華人世界的情況。

「沒錯。只是香港以廣東人爲主，台灣以閩南人爲主，各有各的方言，不同的風俗習慣。再說，受過不同國家的殖民統治，有不同的歷史。結果，不僅社會體制不同，而且人們的觀念也很不一樣。連書面語的詞彙都有很大的區別。」

日本人畢竟是很好學的民族。他要我舉具體的例子。

「香港的『酒店』台灣叫『飯店』；『的士』是『計程車』；『三文治』是『三明治』；『吞拿魚』是『鮪魚』。當然『吞拿三文治』就是『鮪魚三明治』了。對了，我告訴你最有趣的例子，香港的『振動器』是台灣的『電動棒』。」

要引起日本人的興趣，最好的辦法是用關於性的比喻，有如跟香港人講話時最好多一點金錢例子，容易造成切身的感覺。不過，「電動棒」與「振動器」，我是現學現賣的。

前些時候去台灣買了幾本女性雜誌，因爲那邊的朋友們告訴我，西洋婦女雜誌的台灣中文版，這幾年對當地女性的意識變革或「女性情慾的解放」所起的作用不可忽視。其中一本是《柯夢波丹》，也就是在香港叫做《大都會》的美國雜誌Cosmopolitan，裡面講到「電動棒」之後，翻一翻香港版《大都會》，我發現他們把同一個東西叫「振動器」。

香港人比台灣人保守

「爲什麼同一本雜誌在台灣和香港竟有不同名字呢？」日本編輯又想不通了。

「有兩種中文版本嘛。因爲市場不同，讀者的口味不同，所以名字不同，內容也不同，設計的風格也不同，文章裡用的詞彙都不同。『電動棒』變成『振動器』只是一個例子。」

不過，說起來我自己都感到有點奇怪。港台兩地畢竟都是華人地區，空間距離又這麼近，爲什麼同一本雜誌要變成完全不同的兩種中文版呢？Cosmopolitan不是政論雜誌或新聞雜誌，無論在什麼國家，文章談的永遠是性、愛、化妝、時裝等國際性的女人話題。然而，比較一下同一期的《柯夢波丹》和《大都會》，共同的內容只有星座和一些時裝照片而已。

其實，只要花一點工夫看《柯夢波丹》和《大都會》，兩群很不同的讀者形象馬上浮現在腦子裡。台灣版比香港版大膽得多，該是反映兩地女性很不同的心態吧。《柯夢波丹》談性，「硬核」得可以；談女性主義，又非常激進。相比之下，《大都會》顯得相當保守。

不知怎地，好像很多香港人以爲台灣是個保守的社會。每次我批評香港社會保守，總是有人反駁說：「那是中國傳統文化所致。香港西化，已經好多了。你看台灣，保守得可憐。」但去了幾次台灣，我卻覺得台灣人比香港人開放得多。恐怕解嚴以後，台灣社會的變化很大很快，香港人對台灣的印象還沒來得及改變。

Wild的週末

最近一個星期六晚上，我跟一批香港新聞界人士一塊去台北中泰賓館的迪斯可KISS。那裡當晚有演出，是澳洲來的男性脫衣舞團Manpower。同類演出在西方大城市由來已久，在日本前幾年流行過一陣子，但在台北目前還屬於新事物。雖然那些洋男孩到最後都穿著一條小褲子（我在多倫多看的是全脫光的），台北女郎還是很高興。週末晚上她們結伴而來，爲了享受女人的眼福。

「這在香港是絕不可能的。」一位女作家搖著頭說，「即使有這樣的演出，香港大部分女孩子都不敢去看。眞沒想到台灣開放到這個地步了。」

在KISS的電話亭，我看到打扮很入時的年輕女郎一個一個拚命打電話。看來她們一定要約男孩子出來。台灣朋友解釋說：「今晚是星期六，她們『新新人類』要玩得比平時wild。先跟女朋友出來，到了十點、十一點，開始打電話找男生。肯定會有人出來的。到了兩點、三點，大家就搞定了。反正是週末嘛，亂一點無所謂。」這回香港女作家搖頭搖得更厲害了：「在香港，哪裡有wild的週末？平時乖乖，週末還是得乖乖！」

我們這次去台北，是應台灣觀光協會之邀，參加「香港記者台灣美食及文化之旅」的。約二十個專欄作家、編輯，四天三夜專門跑台灣的「另類」旅遊點，爲的是了解台灣的城市文化和夜生活。講城市的規模，香港比台北大一倍，而且是公認的國際城市。儘管如此，連香港同行都承認，台北的城市文化比香港豐富得多。

除了觀賞西方小伙子的裸體外，在台灣觀光協會的安排下，我們也去了好幾家新潮酒吧（包括同性戀酒吧）、啤酒屋、茶藝館、書店（包括專賣女性主義書籍的「女書店」）等等。其實，台灣觀光協會安排這類節目給香港記者看，同時在日程表上沒有一個官方活動，足以證明今天的台灣社會思想開放得可以。

我向來認爲，書店、酒吧、咖啡廳是城市生活不可缺少的三種基本因素。在台北，這三種東西都很豐富而且水平很高。在這一點上，全球華人世界裡沒有一個城市比得上台北。然而在香港，就是很難找到書店、酒吧、咖啡廳，使我懷疑，香港到底是不是眞正的大都會？

跟我一同去台北的香港同行，畢竟全是文化人，個個都滿欣賞台北的書店、酒吧、咖啡廳。於是，我問他們，爲什麼香港幾乎沒有此類場所？對於設計精緻的酒吧、茶藝館，他們的答案是「一考慮成本，就不合算」。香港的地價比台北貴，是大家都知道的事實；但是，台北有很多人出於自己的興趣，不考慮利潤地經營各種小店，也是有目共睹的現象。

「香港人做生意一定是爲了賺錢，絕不會做虧本生意。台灣人不一樣，父母發財，第二代就要做不賺錢的事業。」一位香港編輯說著嘆口氣。看來，他一方面佩服台灣的文化風氣，另一方面也實在不能理解台灣人怎麼可以那麼笨。

錢不能解釋所有的問題，關鍵還是人的思想。比方說「女書店」，這類女性主義書店在西方每個大城市早就至少有一家了，但在香港沒有，台北的一家還是華人世界第一家。看男性脫衣舞搖了頭的香港女作家，這回又不停地搖頭說：「這種書店在香港不可能有，人的思想沒進步到這個地步。」

香港文化環境曾令人嚮往

香港文人一向嘆息說，台灣有文化的氣味，香港卻沒有。過去他們關心的主要是高級文化（high culture）尤其是傳統中國文化，因此有「香港是文化沙漠」之說。現在，「文化」一詞指的範圍大得多了，包括生活的各方面，以及傳媒影視等商業文化。從這個角度看，香港過去很長時間的文化環境應比台灣先進、活潑。

很多台灣朋友告訴我，他們曾經多麼嚮往香港的自由、先進、西化、瀟灑，但那種時代已經漸漸過去。解嚴後還不到十年，如今台灣的城市生活在很多方面已經超過了香港，我看主要歸功於民主化帶來的思想開放以及現代化。

今天，台北的很多咖啡廳、酒吧，都比香港現代、後現代，而且全是當地人爲當地人開的。相比之下，香港「酷」的場所基本上仍屬於洋人。香港人還習慣性地把「現代＝西方」和「傳統＝中國」對立起來看。這樣一來，很難發展自身的、現代化的城市生活。當然，我們也不能忽視時代環境的因素，如果沒有九七大限造成的恐慌，過去十年香港的文化環境恐怕走的是很不一樣的一條路。

不過，也有些台灣朋友說，他們今天還是在很多方面佩服香港的文化環境。「香港有藝術節，台灣沒有。香港藝術中心放的一些歐洲片，我們根本看不到。」我最感意外的是，有位報紙副刊編輯對我說，台灣電影導演，包括侯孝賢，水平沒有香港導演好。

「你看侯孝賢的作品，看得懂嗎？我告訴你，看不懂才正常。很多外國人以爲那是他獨特的風格。實際上因爲侯孝賢的思想很混亂，自己都搞不清楚到底要拍什麼。混亂的不僅是侯孝賢，而是整個台灣社會。」

這種說法，我以前沒聽說過，反而總是以爲我看不懂侯孝賢的作品是因爲我不懂藝術。那位編輯又告訴我說：「你知道爲什麼台灣電影的遠鏡頭很多嗎？因爲演員的水平差。尤其是女演員。香港的女星類型很多，各種各樣的女星都有。反過來看台灣女星，全是一個樣子。」

終於明白兩地有何不同

我從香港去台灣，一方面發現香港所缺乏的城市生活、城市文化，另一方面透過跟台灣朋友的交談，對香港文化產生新的認識。

香港和台灣，空間的距離不遠，又都是華人社會，但相互之間的交流少得讓外人吃驚。大部分香港人不知道新的台北有什麼樣的面貌，也不知道台灣人怎麼樣看自己的文化。同時，大部分台灣人對香港文化的認識也很有限。香港最紅的作家到台灣，那邊的新聞界沒人知道她的名字。

台灣觀光協會邀請一批香港作家、編輯去台灣，讓他們看到台北的城市文化，結果有沒有引起讓他們大開眼界的作用？在一定的程度上肯定是有的，香港的報紙、雜誌讀者都能夠透過他們的文字多認識一點台灣的社會。不過，台灣能不能促進香港發展自身的現代城市文化呢？我的看法是比較悲觀的。

在港台之間來回跑了幾趟，我終於明白香港和台灣到底有什麼不同。台灣人相信自己的未來，整個社會都相當樂觀，人們願意爲不賺錢的文化性事業投資。

而香港呢？恰恰相反。

2001 託台灣的福

對我家四口子來說，台灣是個非常特別的地方，畢竟我和老公是在台北定親的。

那是一九九六年的春節，我和他到萬華龍山寺拜年，順便抽籤的結果，竟抽到了上上籤。「出入營謀大吉昌，無瑕玉在石中藏，如今幸得高人指，獲寶從心喜不常」。雖然我不完全看懂，但是好像說我是藏在石頭裡的玉，終於給有眼力的人發現了。對不對？

當時我三十四歲，等白馬王子比一般人等得久了。其間認識的人都眼光有問題，沒看出來這塊石頭裡藏有玉。不過，幸而，我的白馬王子最後在台北出現了。

之後，我和他在香港只見過一次面而已。他從東京來採訪的第一個晚上，恰好也是我生日的前一晚，日本《寶島》雜誌的一位編輯介紹他來參加我的生日宴會。關於他，我事前只知道姓名、年齡和一本著作的書名，即《亞洲鬼怪列島》。在銅鑼灣的居酒屋「一番」，我對他一見鍾情的故事，曾在一篇短文裡寫過，在這裡不重複。反正，那晚我已經知道找到了白馬王子，而且人家對我也似乎不錯。只是，我第二天有事要去新加坡，過一個星期返港時，他早就工作結束，回到東京去了。

未料，幾天以後，那位編輯又打來電話說，《寶島》雜誌準備出寶島專題（！），問我春節前後有沒有空去台灣做採訪。我二話不說地答應下來的原因之一，便是他加了這麼個一句話：「上次參加你生日宴會的林先生也同一時期要去台北的」。

這樣一來，我有機會跟他再見面了。我打算先定好自己的旅程，然後通知他。我給尖沙咀一家旅行社打電話說，要訂去台北的來回機票，以及幾天的住宿：「不要太貴的，中等就行，地點最好在中心區。」

按照我要求，旅行社傳過來的清單上，有十幾家飯店的英文名字和地址、價錢。當時，我對台北地理完全不熟悉，打開地圖看一看，好像萬華一帶比較方便。關於個別的飯店，根本沒有概念，只憑感覺選擇了最吉利的名字，即「Paradise Hotel」，到了台北以後才知道，中文名字是一樂園大飯店。

定好了旅程，我馬上給東京的他傳眞去了。在香港離別後一直沒有消息，他對我此舉會做出甚麼反應？

當晚收到的回信，語氣很尷尬地寫道：「請你不要誤解，我告訴你的是事實。我在台北有個老朋友做攝影師，這次台北之行，託他訂了飯店。他說萬華有家中等飯店，是好朋友當董事的。聽說那位朋友曾經是摔跤的冠軍，我覺得滿有趣，決定住在那兒了。誰料到，結果跟你訂的那家一樣？就是Paradise Hotel。」

收到了那封信，我很高興了。好像上帝在幫我的忙！我匆匆給他回信說：「請你放心，我不會誤解。在鬼怪專家身邊，大概常發生不可思議的事情吧？」因爲我將比他先到台北，最後還加了一句話說：「那麼，我在Paradise等你！」

當我們先後抵達台北以後，在一樂園大飯店發生的種種愉快事件，他後來寫在一篇散文裡（林巧著《從澳門到樂園—香港、澳門、台北物語》，一九九九年講談社文庫，九八—一〇四頁，〈在樂園見面吧〉）。長話短說，服務台的各位先生、小姐們都非常熱心地當上帝的助手，為我們做好了媒。

我雖然有不少台灣朋友，但是去台灣的機會始終不多，那一次才是第三趟。相比之下，他為了日本雜誌、電視台的工作，去過十多次台灣，對台北相當熟悉。尤其在萬華一帶，連小巷岔路都知道了。看他很有經驗似地在路邊小飯館坐下來，點蚵仔煎、絲瓜湯等台灣風味，一點也不像是完全不會說漢語的人。那麼，到底怎麼樣進行溝通的？我至今不明白。反正，他在台灣確實有不少朋友，跟他們在一起就是邊喝酒邊點頭，過些時間，大家進入心領神會的境地。

那天去龍山寺，也是他帶路，教了我如何抽籤的。好複雜的程序，他記得很清楚，說是曾有個台灣老人教他的。出乎預料之外，抽到了上上籤，我差一點就幸福地昏倒了。兩個月以後，他在香港給我買白金戒指；再過一年多，在東京舉行了婚禮，我認為全是託了龍山寺觀世音的福。

如果那一次沒有去台灣住一樂園大飯店，恐怕我後來也不會回日本住的。本來有個人原因離鄉背井、漂泊世界的我，海外生活超過了十年。很長時間，東京是想回去都無法回去的故鄉。然而，愛情的力量無比偉大，為了跟他在一起，任何事情都可能了。

因而回到了東京，我打算在日本媒體找些差事做。從事了多年的中文寫作，一回日本，恐怕就很難繼續下去了。也沒辦法，人生嘛，有得則有失。但是，人算總不如天算。從香港軒尼詩道郵局寄出去的包裹還沒到齊之前，我身體異乎尋常，去看醫生，果然有喜了。這麼一來，出去找工作不大方便，一時得乖乖地留在家裡了。

第二年三月，兒子出生。在櫻花盛開又謝掉的日子裡，我接到台灣來電，是《中國時報》〈三少四壯〉的稿約。我一手抱著生後僅三個禮拜的小娃娃，竟然答應下來了。一九九八年五月，我在台灣的第一個專欄開始了。

我和台灣的緣份，也許是前世約定的。後來的三年多裡，我前後在三份報紙、一份雜誌上寫專欄，並出了四本書。這一段時間，我忙於照顧兒子、懷上第二胎，也得趕稿，一直未能做日本媒體的事情。也就是說，雖然生活在東京，我的工作空間如今全在台灣。

因為我做台灣媒體的工作，兒子不到兩歲之前已經知道，媽媽接電話講的是中國話，首先說「你好」、最後說「再見」。

今年一月，為了新書做宣傳，我隔五年又去台北時，身邊有老公和兒子了。一個人、兩個人旅行和三口子旅行，乃非常不同的經驗，何況我兒子不習慣母親離開他出去參加座談會、接受訪問等等。

幸虧，我們的目的地是台灣。

在旅途上過的八天，雖然發生了種種事件，總的來說，比在日本舒適得多。我深深感到，無論在甚麼場合，台灣人對小孩子非常友好，不像在東京經常遭到排斥。跟我們一起吃飯的朋友們，也許心中覺得場面雜亂不堪，但是大家都很寬容，沒有人冷眼看猴子一般跑跑跳跳的兩歲多兒童。

工作結束以後，我們到台東度假去了。白天坐公車去知本，看著椰林泡露天溫泉，回來睡午覺，兒子醒過來就喊「便當！」是想吃池上便當的。到了傍晚又上街溜達溜達，在路邊小飯館吃晚餐去。

連續三晚，我們都在同一家館子吃飯。名字叫甚麼，已不記得了，反正我們叫它爲「台東餃子屋」。韭菜水餃、羊肉炒麵、蔥爆牛肉、炒空心菜等等，都清淡美味。廚師看到有個小朋友，便主動地調整味道，少放辣椒等，體貼入微得感動異鄉客。

那是家庭經營的小館子。到了七點多，老先生從樓上帶孫子、孫女下來，叫他們在鋪子內外玩耍。我兒子看著很興奮，馬上站起來參加去。爺爺用日語告訴他：「先吃飯，否則長不大」。他嚴厲又溫柔的聲音和表情，使小孩不能不服從。平時調皮的兒子，這回乖乖地跑回來，吃水餃吃得腮幫子鼓鼓的了。過些時候，天稍微變涼，爺爺從椅背拿下我兒子的上衣，無言地給他穿上。

那一連串的動作，我看著差一點就感動地哭出來了。說起來都很慚愧，過去三年在家鄉日本，我從來沒有遇到過一個外人，尤其是老年男性對我兒子如此親切。

台灣感動我。

在台東小巷裡，我拉著兒子的手散散步。兒子看到漂亮的老婦女，跟我說：「歐巴桑好可愛」。她在遠處聽見了，馬上用日語喊：「小朋友好可愛！」，使他事後許久都非常高興。又在台東火車站廣場，當我們乘涼時，一群中學男生走過來，對我兒子說：「卡娃伊！」他對台灣的印象至今特別好是理所當然的。

台灣人很體貼。

台北—台東的班機上，來回兩次，空姐都給了我兒子多一個麵包。結果，在飛行時間內，他一直忙於吃麵包，沒空覺得恐怖。帶小孩子旅行，在很多地方會是非常頭疼的經驗。台灣是僅有的例外，實在難得可貴。

在東京家中，我們經常講到台灣。台東餃子屋、知本溫泉、這次重訪的萬華龍山寺、第一次坐的台北捷運（兒子的最愛）、敦化南路的誠品書店，還有楊澤和馬汀尼帶我們去的江浙餐廳等。兒子的玩具電話是在台東的便利店買的，一拿起話筒，就聽到的「你好、稍等、謝謝、再見」等等聲音，他都學好了。

不過，我始終認爲，台灣最好的是人心。

在台東機場，臨坐飛往台北的班機時，有位中年先生很自然地讓我們先走，就是因爲有個小孩兒。這種動作，雖然很小，然而異鄉客是永遠不會忘記的，而且每次回想都覺得心裡好溫暖。

（第貳部說明）

作者按：

本書第貳部收錄，於一九九〇年代撰寫，最初刊登在香港報章上的文章共十篇。

我第一次去台灣是白色恐怖末期的一九八四年。後來的十年沒有再去，個中的因素寫在「安靜的咖啡廳」（初見於《九十年代月刊》一九九三年十一月號）裡。重新發現台灣的一九九三年，我住在加拿大多倫多，看著從日本寄來的報紙、雜誌，注意到日本媒體上有關台灣的報導多起來了。第二年春天，我經過東京搬去香港的途中，在飛機上翻閱著剛購買的一本書，禁不住大哭了一場。那本書就是《台灣萬葉集》。在香港安頓下來以後，跟當地編輯交談，我提到了日台關係的變化，結果成了《九十年代月刊》一九九五年三月號上的特輯「日本颳起『台』風」。這裡再錄本人寫的「莎喲那拉台灣禁忌」和「老情人寄來的情書《台灣萬葉集》」兩篇。

一九九六年春天，台灣舉行了歷史上第一次的總統直選，不僅是台灣歷史上第一次，而且在整個華人世界都是第一次。那創舉使得中國焦慮起來，導致了台灣海峽的導彈危機。正當大家關注台灣之際，我受日本寶島社的委託，去了台灣兩次。在老同事謝忠良（亞洲周刊）、新朋友吳如萍（新新聞）、陳冠中（超級電視台）等人的熱情協助下，我在台北和馬祖進行了為期共三個星期的採訪。那時的所見所聞，讓我對台灣解嚴後的新面貌，大開眼界了。同年五月，在東京問世的Mook（書型雜誌）《別冊寶島：台灣興奮讀本》上，我發表了九篇文章，共八萬字。題目以及主要訪問對象和地點如下（括號內為當年職位）：

「遲來的女性主義運動」：何春蕤（國立中央大學）、陳文茜（民進黨）、吳明季（台灣勞工陣線）、陳賀美（美麗佳人）。

「台灣新人類」：張美娜（新新聞）。

「導彈和蛋包飯（馬祖報導）」：王大捷（馬祖莒光鄉長）、王詩乾（馬祖北竿鄉長）、陳寶官（連江縣議會副議長）、林順雄（莒光鄉田沃村長）、魏耀乾（民進黨）、北竿警察局各位。

「從香港：尋找『酷』的台北（Taipei Bar Scene)」：陳冠中（超級電視台）、The New York1990、KIKI、CAPONE'S、MINA、魯蛋、喜、異塵。

「白色恐怖酒吧之夜」：阿才的店。

「有線電視與紅玫瑰」：劉天來（寶福有線電視）、黃照義（東亞電器行）、劉幼琍（國立政治大學）、李永萍（台中民主台）、羅傳賢（行政院新聞局）。

「廣播顛覆台北天空」：劉孝煦（文化大學/台北電台）、新黨之音、徐璐（台北之音）、黎明柔（非常ＤＪ）。

「台灣人的歷史觀」

「虛構的港台同胞」

《別冊寶島：台灣興奮讀本》刊登的文章，都是用日文寫給日本讀者看的。不過，對採訪得來的一些消息，香港讀者也會感興趣。何況，那年春天，我也應台灣觀光協會之邀，跟大約二十名香港專欄作家、編輯一起參加四天三夜的「香港記者台灣美食及文化之旅」，對台灣的另類旅遊點增加了認識。

總結三次採訪的經驗，我用中文寫出來，並登在香港報刊的文章，在本書收錄的有：

「『酷』台北」（《信報》一九九六年三月十八日）

「乾杯！馬祖沒有台海危機」（《亞洲周刊》三月三十一日）

「廣東話和台語（《信報》四月一日）」

「李登輝情結與民主政治」（《亞洲周刊》四月十四日）

「『白色恐怖』成了『後現代』？——台灣人的歷史觀」（《九十年代》四月號）

「旋轉的木馬——既像日本又不像日本的台灣文化（《九十年代》五月號）」

「『電動棒』與『振動器』——台港兩地的城市文化」《九十年代》六月號）

一九九〇年代寫的文章，在十幾年後看來，有的跟今日現實有出入了。畢竟，過去十幾年，台灣社會的變化非常大。不僅島內政治局勢如此，而且兩岸關係更加如此，連社會文化方面亦如此。所以，老文章裡的台灣跟今日台灣是不一樣的。儘管如此，我還是決定照舊收錄，因為文章的「賞味期限」跟新聞的時效性可以是兩回事。還有，我認為，作為寫作人，應該對自己過去的言論負責任。這裡收錄的文章，以前沒放在我過去的散文集裡面，乃出於我當時的判斷。後來，有人找來在網路上公開，教我覺得，最好還是由作者本人鑒定並正式問世。

老文章裡面不僅有昔日台灣，也有昔日的我。自己讀來不能不臉紅。可畢竟，每個人的現在都是過去的積累吧。希望讀者會同意跟我走一趟昨日台灣遊。（二〇一〇年八月六日）

1

1. 香港媒體訪問團在九份（一九九六）。
2. 白色恐怖酒吧的新聞記者（一九九六）。
3. 新公園的女同性戀者（一九九六）。
4. 作者在導彈危機中的馬祖（一九九六）。

2

3

4

【後記】

〝愛的遺憾．恨的遺憾〞——魏德聖的彩虹

聽說魏德聖導演的新片「賽德克．巴萊」已經殺青，令人好期待二〇一一年的正式上映。他曾在媒體訪問中說過：長達半世紀的殖民統治不僅給台灣留下了「恨的遺憾」而且也造成了「愛的遺憾」，「海角七號」是有關愛情，「賽德克．巴萊」則是有關仇恨的電影，把兩者放在一起，才能呈現出殖民統治對台灣社會的整體影響。

眾所周知，魏導早在一九九七年就開始策劃了「賽德克．巴萊」。當年香港主權回歸中國，台灣電視台報導原住民向政府要求「還我土地」的消息。原住民要尋回民族尊嚴的精神使魏導敬佩。他研究霧社事件，寫出了「賽德克．巴萊」的腳本。但是籌集資金不容易，加上大家都說「關於日治的電影不賣座」。爲了證明自己靈感之正確，他先著手於成本比較低，且一樣有關日治的影片，那就是「海角七號」。

「海角七號」在台灣電影史上創造了許多方面的突破。我特別佩服該片爲原住民塑造了很正面的形象。誰忘得了傷感的歐拉朗（「我想唱歌」）和熱情的勞馬（「她是我的魯凱公主」）？何況他們的職業是警察。以往在台灣電影裡，原住民的角色不是「老莫的第二個春天」中外省老兵花錢買的新娘，就是在「超級公民」裡被槍斃的殺人犯。要追溯到日治時代，就是「沙鴦之鐘」裡送行日本老師出征的路上落水喪命的「番婦」了。沙鴦送行的老師其實也是警察，因爲當年在山地管治安的日本警察兼任了管教化的學校老師。總之，在我過去的印象中，台灣電影裡的原住民似乎只有被教化、管治、收購、逮捕、槍斃的份兒，不是被瞧不起，就是被同情的。所以「海角七號」眞教我大開眼界了。原來，在二十一世紀的台灣社會，有會操流利國語、台語的原住民警察，向漢人郵差（實際上由阿美族血統的范逸臣飾演）罰款，因爲他「顯得特別倒楣」。丹耐夫正若和民雄，兩位排灣族音樂家飾演的警察父子，可以說是台灣原住民形象的紀念碑。

關於「海角七號」的背景，魏導也說過，他要選擇「一看就知道是台灣」的地方。他選的不是台北也不是台南，居然是屏東縣恆春鎭。在影片開頭，主人翁阿嘉罵了一聲台北，摔了一把吉他，騎上摩托車縱貫台灣，最後抵達的家鄉，給人印象最深刻的無疑是圍牆。那是一八七九年竣工的中式城牆，建設的目的不外是防禦日本軍隊進攻，因爲早五年發生的牡丹社事件中，西鄉從道率領的三千多名日本士兵登陸恆春半島，跟當年瑯嶠十八社中的牡丹社、高士佛社族人交了火。本來公然道「生番地不載版圖」的清政府，終於認識到事情之嚴重性，由欽差大臣沈保楨奏請朝廷在戰場附近設置的縣府，就是阿嘉的家鄉恆春鎮。台灣電影歷史上最賣座的作品，既圍繞著台日戀情，又以牡丹社事件場地爲背景，導演的用意實在不簡單了。

今天，據人口統計，恆春鎮居民大多數爲漢人。但是，開十幾分鐘的車去鄰近的牡丹鄉，原住民人口就超過九成。我前些時做了一趟「海角七號之旅」，出乎預料之外，在牡丹鄉村門邊看到了十八幅剛揭幕不久的大壁畫，用鮮豔的色彩描繪著牡丹社事件的始末。旁邊還有當年被日軍殺害的牡丹社頭目阿祿古之塑像。顯而易見，一百多年前的歷史事件，在當地，仍然是活生生的社區記憶。路邊手工藝品店的老闆娘自我介紹說是「頭目第四代直系的公主」。她的膚色、體格都彷彿影片裡的警察父子，也不足爲奇了，畢竟大家都是排灣族。但是，誰會想到，鋪子中間竟擺著日本製造河合牌大鋼琴，屬於正在德國音樂大學進修的她小兒子（「大兒子在台南做醫生，女兒嫁給瑞典人了」）？謝謝「海角七號」，教我刮目相看台灣原住民的生活現實。

一心想要拍「賽德克・巴萊」的魏德聖，爲了籌集資金而策劃的「海角七號」，果然一點也不缺乏原住民文化因素。例如，影片裡重複出現的彩虹（每次都暗示連接兩個不同的時代），隱約地引用著原住民神話。據「賽德克・巴萊」小說本，賽德克人等台灣原住民族相信，只有勇士才能通過彩虹橋去見祖靈。

「海角七號」中，從日本寄來的包裹上寫的收信人是「台灣恆春郡海角七番地小島友子樣」。但是，很奇怪，當地老郵差茂伯對這個地址和人名都沒有印象。他和阿嘉去到處訊問，也沒人知道「海角七番地」在哪裡，教人懷疑這地址是否眞正存在過。最後，明珠把她祖母的地址寫下來，由友子轉交給阿嘉。囑咐他去送包裹的友子，把原住民手工的「勇士之珠」給阿嘉戴上，同時天空上出現一道完整的彩虹。也就是說，阿嘉跨越時空去見祖靈的條件成熟了。果然，他騎的摩托車，在草原上路過一九四五年的日本老師。送好了包裹後，阿嘉不直接回音樂會場地，反之去漁港一個人坐一會兒，在堤防上凝視著五線譜，把歌名〈國境之南〉改寫爲〈海角七號〉。那應是一種正名行爲。原來，電影片名「海角七號」並不是日治時代舊地址，而是阿嘉創作的歌曲名稱。他給（被日本老師放棄的）老友子遞送了信件，意味著代表台灣的年輕一代和鄉土的歷史達成了和解。之後，回到音樂會場地的阿嘉，不再是被「他媽的台北」否定的失敗者而是鄉土的勇士了。他在台灣最南端的沙灘上抱住友子，說出那句「留下來，或者我跟你走」。

關於阿嘉帶領的彩虹樂隊演奏的三首歌所起的感情淨化、療傷作用，我在別的地方已經寫過，不再重複了。在這裡，僅只要強調：音樂會場面感動觀眾的極大力量，主要來自台灣原住民神話。樂隊成員們跟阿嘉一樣，戴上了原住民傳統的琉璃珠以後才變得很勇敢，站到舞台前邊來唱自己的歌兒的。他們擺脫沉默伴奏者之地位，要集體擔任主唱了。原住民文化是台灣社會的起源，以具體行爲表現出對其的認同與尊敬後，方可能理直氣壯地宣布自己也是台灣這塊土地的主人，擁有唱歌的權利。

電影最後，我們終於看到一九四五年的小島友子穿著一身潔白的洋服，領著笨重的大皮箱，站在台灣最北端基隆碼頭，尋找日本戀人的鏡頭。她的一雙眼睛表達著很多事情，嘴巴卻一直閉著不出聲。然後，畫面突然切換，出現職員表和南台灣景色，同時傳來梁文音唱「風光明媚」的聲音。她就是我們一直等待的「魯凱公主」。作品中擔任主要角色的兩個台籍演員（范逸臣和梁文音）都有原住民血統，不會是巧合吧。現在，在「海角七號」成功的基礎上，魏德聖將推出眞正關於日治時代台灣原住民歷史的電影。他將給我們看多麼好看的彩虹呢？我等不及了。（二〇一〇年九月）

國家圖書館出版品預行編目資料

臺灣爲何教我哭？／新井一二三著.——初版——臺北市：大田，民100.03
面；公分.——（美麗田；122）

ISBN 978-986-179-202-6（平裝）

861.6 100000820

美麗田 122

臺灣爲何教我哭？

作者：新井一二三

出版者：大田出版有限公司
台北市106羅斯福路二段95號4樓之3
E-mail：titan3@ms22.hinet.net
http：//www.titan3.com.tw
編輯部專線（02）23696315
傳眞（02）23691275
【如果您對本書或本出版公司有任何意見，歡迎來電】
行政院新聞局版台業字第397號
法律顧問：甘龍強律師

總編輯：莊培園
主編：蔡鳳儀 編輯：蔡曉玲
企劃統籌：李嘉琪 行銷統籌：蔡雅如
校對：陳佩伶／蘇淑惠／新井一二三
美術創意：好春設計／陳佩琦
承製：知己圖書股份有限公司·（04）23581803
初版：2011年（民100）三月三十日
三刷：2012年（民102）八月二十三日
定價：新台幣 250 元

總經銷：知己圖書股份有限公司
（台北公司）台北市106羅斯福路二段95號4樓之3
電話：（02）23672044·23672047·傳眞：（02）23635741
郵政劃撥：15060393
（台中公司）台中市407工業30路1號
電話：（04）23595819·傳眞：（04）23595493

國際書碼：ISBN 978-986-179-202-6 /CIP：861.6 / 100000820
Printed in Taiwan

廣告回郵
北區郵政管理局登記證北台字1764號
免貼郵票

From：地址：

姓名：

To：大田出版有限公司　編輯部收

地址：台北市 106 羅斯福路二段 95 號 4 樓之 3
電話：(02) 23696315-6　傳真：(02) 23691275
E-mail：titan3@ms22.hinet.net

＊請沿虛線剪下，對摺裝訂寄回，謝謝！

大田精美小禮物等著你！

只要在回函卡背面留下正確的姓名、E-mail和聯絡地址，
並寄回大田出版社，
你有機會得到大田精美的小禮物！
得獎名單每雙月10日，
將公布於大田出版「編輯病」部落格，
請密切注意！

大田編輯病部落格：http：//titan3.pixnet.net/blog/

智　慧　與　美　麗　的　許　諾　之　地

＊請沿虛線剪下，對摺裝訂寄回，謝謝！

閱讀是享樂的原貌，閱讀是隨時隨地可以展開的精神冒險。

因爲你發現了這本書，所以你閱讀了。我們相信你，肯定有許多想法、感受！

讀 者 回 函

你可能是各種年齡、各種職業、各種學校、各種收入的代表，

這些社會身分雖然不重要，但是，我們希望在下一本書中也能找到你。

名字／＿＿＿＿＿＿＿ 性別／□女 □男　出生／＿＿＿年＿＿＿月＿＿＿日

教育程度／＿＿＿＿＿＿＿＿＿

職業：□ 學生□ 教師□ 內勤職員□ 家庭主婦

□ SOHO族□ 企業主管□ 服務業□ 製造業

□ 醫藥護理□ 軍警□ 資訊業□ 銷售業務

□ 其他＿＿＿＿＿＿＿＿＿

E-mail/＿＿＿＿＿＿＿＿＿＿＿＿＿＿電話／＿＿＿＿＿＿＿＿＿

聯絡地址：＿＿＿＿＿＿＿＿＿＿＿＿＿＿＿＿＿＿＿＿＿＿＿

你如何發現這本書的？　書名：臺灣為何教我哭？

□書店閒逛時＿＿＿＿書店 □不小心在網路書站看到（哪一家網路書店？）＿＿＿＿

□朋友的男朋友（女朋友）灑狗血推薦 □大田電子報或網站

□部落格版主推薦＿＿＿＿＿＿＿＿＿＿＿＿＿＿＿＿＿＿＿＿

□其他各種可能 ，是編輯沒想到的＿＿＿＿＿＿＿＿＿＿＿＿＿＿＿

你或許常常愛上新的咖啡廣告、新的偶像明星、新的衣服、新的香水……

但是，你怎麼愛上一本新書的？

□我覺得還滿便宜的啦！ □我被內容感動 □我對本書作者的作品有蒐集癖

□我最喜歡有贈品的書 □老實講「貴出版社」的整體包裝還滿合我意的 □以上皆非

□可能還有其他說法，請告訴我們你的說法

＿＿＿＿＿＿＿＿＿＿＿＿＿＿＿＿＿＿＿＿＿＿＿＿＿＿＿＿＿＿

你一定有不同凡響的閱讀嗜好，請告訴我們：

□ 哲學□ 心理學□ 宗教□ 自然生態□ 流行趨勢□ 醫療保健

□ 財經企管□ 史地□ 傳記□ 文學□ 散文□ 原住民

□ 小說□ 親子叢書□ 休閒旅遊□ 其他＿＿＿＿＿＿＿＿＿＿

請說出對本書的其他意見：

大田出版有限公司編輯部 感謝您！